Little Women

Little Women

給孩子的第一本經典
Little Women
小婦人
親子
圖文本

導　讀
Introduction

在愛中感悟生活

《小婦人》的故事發生在美國南北戰爭時期，主要描述在美國新英格蘭地區裡的一個普通家庭中，四姊妹之間所發生的生活瑣事，是一部帶著自傳色彩的家庭倫理小說。

作者將自身的家庭生活投影在自己的作品裡，書中的馬奇家四姊妹分別為作者與三個姊妹的化身。她在書中將自己描寫成二女兒喬，她的姊妹安娜、伊莉莎白和亞碧則分別為梅格、貝絲和艾美。

故事從喬十五歲的聖誕節前夕開始說起，敘述馬奇家四姊妹

對獨立自主的追求，四人截然不同的個性所造成的矛盾，以及引發的一連串成長中可能遭遇的問題。

書中每一個人物都有缺點，也各有長處，她們分別在困境中面對人生課題，在顛簸中學習並成長。

高貴而虛榮的大姊梅格，如何在並不富裕的馬奇家自在生活？開朗且充滿創作力的二姊喬，如何維護家中寧靜的生活？與世無爭、一心為家人付出的三姊貝絲，又是如何克服羞怯的個性？自私而優雅的小妹艾美，如何得到家人的疼愛？

當父親馬奇先生在外地擔任隨軍牧師，馬奇太太獨力承擔家庭重擔的時候，四姊妹並沒有抱怨生活艱苦，反而各盡所能協助母親度過難關。

在書中，隨處可見人與人之間互助互愛的感人場景。

例如在聖誕節早晨，並不富有的馬奇太太動員女兒將早餐分發給飢寒交迫的窮人，而平時並不熱絡的鄰居在得知消息後，立刻慷慨的送來一頓佳餚做為補償。

因為愛心，兩個陌生家庭在無形中消弭了顧慮，也透過互助與分享，傳達人性中最美好的品德。

作者用溫馨的筆觸，寫出四姊妹在逆境中奮鬥自強的成長歷程，不但使《小婦人》成為美國最優秀的家庭小說，也被後世譽為穿越百年的成長經典，更成為世界文學上最暢銷的作品之一。

隨著四姊妹長大成人，讀者也忍不住被書頁中的梅格、喬、貝絲和艾美牽動心弦……如此平易近人的角色刻畫，彷彿可以看見自己或親友的影子。

現在，快翻開這本優良讀物，一睹為快吧！

Little Women

人物介紹
Characters

Josephine "Jo" March

喬

馬奇家二姊，身材修長的十五歲少女。生性直率、爽朗、風趣、活潑且勇敢、堅毅，喜愛閱讀，夢想是成為知名作家，但是常因控制不住暴躁、魯莽的脾氣而闖禍。

勞里

個性內向，因為喬主動伸出友誼之手而敞開心胸，成為四姊妹的好友。父母早逝的他，相當羨慕馬奇一家人緊密相連的好感情。

Margaret "Meg" March

梅格

馬奇家大姊，十六歲少女。擁有一頭棕色秀髮，容貌美麗，氣質優雅、高貴，個性溫柔、善良，但是有愛慕虛榮的毛病。

Amy Curtis March

艾美

馬奇家小妹，擁有一頭美麗的金色捲髮。喜愛藝術，擅長繪畫，身為老么受到姊姊們的寵愛，因而有些自私、任性。

Elizabeth "Beth" March

貝絲

馬奇家三姊，善良如天使的十三歲女孩。生性害羞、膽怯、溫婉、體貼，具有音樂天分，喜歡彈鋼琴，是喬最疼愛的妹妹。

James Laurence

勞倫斯老先生

馬奇家的鄰居，勞里的祖父。是個看似脾氣古怪的老紳士，但其實在不苟言笑的外表下，有一顆柔軟的善心。

Margaret "Marmee" March

馬奇太太

四姊妹的母親，心地善良又獨立、可靠，在丈夫不在時，一人肩負起家中大小事，並負責女兒們的教養。

目錄
Contents

01 最美好的聖誕禮物

「沒有禮物算什麼聖誕節啊？」喬躺在地毯上發著牢騷。

「貧窮真是讓人無法忍受！」梅格嘟噥著，低頭看看自己身上那件舊衣服。

「這世界真不公平，有些女孩擁有無數美好的事物，但有些女孩卻一無所有。」艾美輕哼一聲，感覺心中不是滋味。

「我們有父母，還有姊妹彼此呀！」坐在角落的貝絲，滿足的說。

聽到這句話，四姊妹臉上神采奕奕，開朗的表情在爐火映照下顯得楚楚動人。

「可惜父親不在家，而且他有好一陣子都不能陪伴我們了。」喬忽然冒出這句傷心話。

大家聽了，臉上的光輝頓時消失無蹤。

她們開始想念遠在戰場上的父親，更擔憂他有可能永遠回不來。

屋內的空氣瞬間凝結，四個女孩一語不發，直到梅格打破這使人窒息的沉默。

「媽媽說了，這個冬天大家都不好過，而且父親正在軍中受苦，我們不該花錢玩樂。」梅格無奈的牽動嘴角，露出微笑。

光想到那些夢寐以求的美好事物，她就覺得很失落。

「我們每個人都只有一美元，就算全部捐給軍隊也沒有多大用處。我們乾脆買點自己喜歡的東西，開心過聖誕節。」喬提議。

屋外的冬雪靜靜飄落，屋內的爐火燒得正旺，四姊妹坐在布置簡單又溫馨的客廳裡做著針線活。

牆上的鐘敲響了六下，貝絲將壁爐打掃乾淨後，把一雙拖鞋放在邊上，讓它暖和起來。

四個女孩看著這雙舊鞋，知道媽媽就快要回到家，心情都開朗了起來，準備迎接她。

「這雙鞋太破舊了……媽媽該換雙新的。」喬忍不住說。

「我本來想用自己的錢幫她買一雙。」貝絲接著說。

「不！我來買！」艾美喊著。

「我是大姊……」梅格一開口，就被喬插嘴打斷。

「爸爸交代過我，要我在他不在時好好照顧媽媽。所以鞋子我來買吧！」

「我提議，」貝絲說，「我們可以省下自己的禮物，每個人都替媽媽準備一份聖誕禮物。」

於是，她們開始討論應該送什麼給媽媽。

不久，馬奇太太回來了。

她一邊脫去溼衣服，一邊換上暖和的拖鞋，才坐上安樂椅，四姊妹立刻上前圍繞在她身邊。

「我有好東西要送給你們。」馬奇太太臉上帶著笑。

「信！是爸爸來信了！」喬一喊，大家臉上立刻出現陽光般的燦爛笑容。

「是的，他一切安好，要我們別擔心，並祝福我們聖誕快樂。他每晚都替你們禱告，希望你們能克服自己的缺點，等他回家時，你們將會是他寵愛又自豪的小女人。」

聽馬奇太太讀著信，大家都哭了。

「我是個自私的女孩，但我一定會努力改正，不讓爸爸失望。」艾美顧不得一頭散亂的捲髮，將臉靠在媽媽的肩膀上，哽咽的說。

「我也要改掉太在意外表又討厭工作的毛病。」梅格邊哭邊說。

「我要改掉粗魯和任性，做好自己分內的事，

不再胡思亂想。」喬也信誓旦旦的說。

貝絲用手抹掉眼淚，低頭拚命編織，她決定做好自己手邊的工作，絕對不讓父親失望。

聖誕節清晨，喬第一個醒來。

她想起昨晚媽媽說過，要她們醒來看看枕頭下面，便悄悄把手伸到枕頭下，果然掏出一本紅色封面的書。

喬對這本書十分熟悉，它記載著歷史上傑出人物的經典故事。

喬用一句「聖誕快樂」把梅格輕聲叫醒，要她看看枕頭下有什麼。

梅格摸出一本綠色封面的書，裡頭有著相同的插圖，而且媽媽還在書上寫了一些話，讓這件禮物在她們眼中顯得格外珍貴。

不久，貝絲和艾美也醒了，她們各自找到了自己的小書，一本有著乳白色封面，另一本則是藍色封面。

四姊妹討論過後，決定依照媽媽的希望，開始閱讀自己手上的書，於是她們靜靜讀著，直到半小時後，陽光悄悄照進屋內，梅格和喬才想起應該向媽媽道謝，趕緊跑下樓去。

「媽媽呢？」

「不知道。清晨有一群窮人來討東西，夫人立刻去看他們需要什麼。她真是天底下最善良的女人！」漢娜回答。

漢娜從梅格出生後就跟她們生活在一起，大家都把她當朋友，而不把她當傭人對待。

「媽媽很快就會回來，我們先把要送她的禮物準備好。」梅格邊說邊檢查籃子裡的禮物。

這時，大廳傳來腳步聲。喬連忙大叫：「媽媽回來了，快把籃子藏好。」

她一轉身，才發現匆忙走進來的人是艾美。

艾美看見大家注視著自己，有點難為情。

「你跑去哪了？背後藏著什麼？」梅格很好奇，這個小懶蟲居然一大早就穿戴整齊的跑出門。

「早上大家一起讀書，又說要做個好孩子，我就對自己買的禮物感到慚愧，所以把錢全花光，將小瓶香水換成大瓶的。現在我的禮物最漂亮啦！」艾美將換來的禮物拿給大家看。

梅格一把抱住艾美，喬稱她是「壓箱寶」，而貝絲則是趕緊跑到窗邊，摘下一朵漂亮的玫瑰花來妝點香水的大瓶子。

這時，大廳那頭又響起了腳步聲，籃子再度

被藏起來，女孩們圍坐在桌子旁，等著吃早餐。

「聖誕快樂！媽媽，謝謝您送我們書，我們剛讀了一些，以後每天都會讀。」四姊妹齊聲說。

「聖誕快樂！孩子們，真高興你們現在就開始閱讀，一定要堅持下去啊！不過，吃早餐前我想先講幾句話。離這裡不遠的地方，躺著一個可憐的女人和剛出生的嬰兒，這家人沒有爐火取暖，為了不被凍僵，六個孩子擠在一張床上。最大的孩子告訴我，他們又冷又餓，沒有東西吃……你們願意將早餐送給這群可憐的孩子當聖誕禮物嗎？」

四姊妹等了快一個小時，肚子已經很餓，所以都沉默不語。最後是喬先開口：「我很樂意，反正早餐也還沒開動。」

「我可以幫忙拿東西給那些孩子嗎？」貝絲熱切的問。

「我來拿奶油和鬆餅。」艾美接著說，放棄最喜歡吃的食物，讓她覺得自己像個小英雄。

一直沒吭聲的梅格，早就動手把麵包放進一個大盤子裡。

「我就知道你們一定會這麼做。」馬奇太太欣慰的笑著說，「回來後，就先吃點牛奶、麵包當早餐，午餐的時候再補償你們。」

那是一戶貧寒人家，病弱的母親抱著嗷嗷待哺的嬰兒，旁邊還有一群面黃肌瘦、饑腸轆轆的孩子，披著一張舊被子縮在一起。

看見馬奇家的女孩們走進來，孩子們驚喜的睜大眼睛，笑聲從凍得發紫的嘴裡傳出來。

「老天！善良的天使來看我們了。」那個可憐的女人喜極而泣的說。

四姊妹從來沒被人稱作天使，聽了相當感動。

雖然連一口早餐也沒吃，她們卻感到無比的開心。

回家後，姊妹們趁著媽媽上樓為那一家人收集舊衣時，將禮物籃擺出來。

「貝絲，開始彈琴！艾美，開門！為媽媽歡呼三聲。」

隨著媽媽下樓的腳步聲響起，喬雀躍的大聲指揮，梅格也上前把媽媽帶到貴賓席位。

馬奇太太既驚訝又感動，她笑著注視禮物，閱讀附在上面的小紙條，眼裡滿是淚水。她穿上嶄新的拖鞋，把手帕噴上香水後放進口袋，將玫瑰花別在胸前。

大家笑著、親吻著，用簡單又充滿愛意的方式，增添家中的節日氣氛。

夜晚來臨，馬奇家上演著由喬和梅格主演的舞臺劇，很多女孩都會來觀賞。

由於男士禁止參加，所以男生的角色都由喬盡情扮演。兩位主角不僅分飾多個角色，還要兼顧幕後工作。

精采的演出贏得觀眾熱烈的掌聲，但意外也跟著發生了，用來當作二樓觀

眾席的帆布床忽然收攏，於是兩位演員馬上飛身搶救，幸好沒人受傷，大家都笑得說不出話來。

就在大家的情緒平復下來時，漢娜便來請小姐們下樓用餐。

餐桌上擺著鮮花、霜淇淋、點心、水果和迷人的法式夾心糖，四個女孩高興得互相對望。

「這些是仙女送的嗎？」艾美問。

「是聖誕老人做的吧！」貝絲說。

「是媽媽！」梅格笑著說，臉上還掛著白眉毛和白鬍子。

「是姑媽心血來潮送給我們的！」喬大叫。

「都不是，是勞倫斯老先生送來的。」馬奇太太說，「漢娜跟他家的一個傭人說了你們早上助人的事，結果老先生聽說後感到很開心，特地送來這份聖誕節禮物。」

「一定是那個男孩的主意！」喬邊吃邊說。

大家一邊品嘗食物，一邊好奇的談論著很少與人互動的隔壁鄰居。

幫心愛的書作衣服

＊材料

準備一張比書本體積大的紙

建議選用耐磨、較厚的紙。
書

＊工具

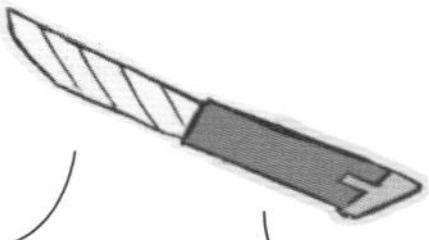
美工刀
使用美工刀時，要小心別割傷手指頭

*作法

step ①

先測量紙張大小。必須能夠包住整本書喔！

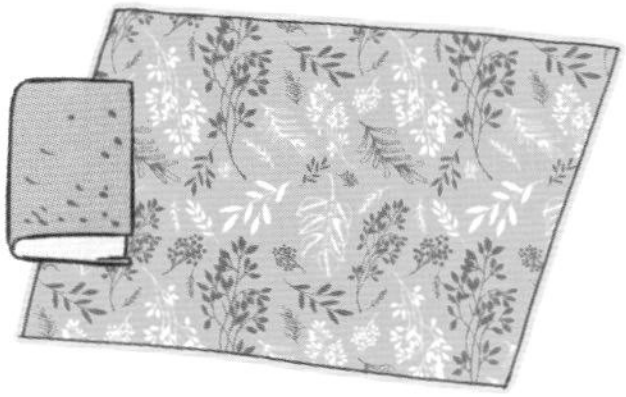

step ②

書本放在紙張中間，然後在書背的地方摺出直角。

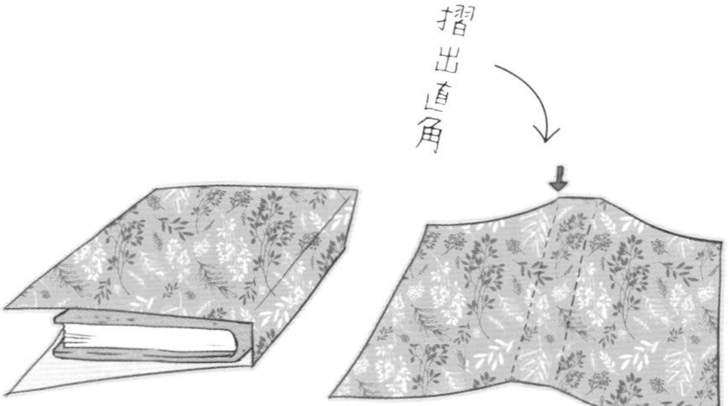

step ③

兩邊的紙對齊書的邊緣，壓出摺痕。

step ④

對齊書的上、下邊緣，也壓出摺痕。

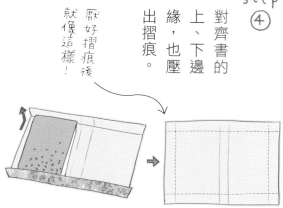

step ⑤

以書背為中心，在書背左、右兩邊距離5公分的地方，用美工刀割開、向內摺，再割掉（上、下都要）。

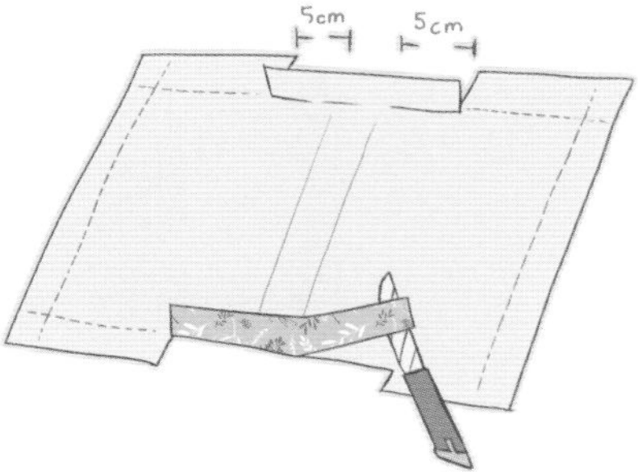

step ⑥

上、下、左、右都摺進封面裡面。

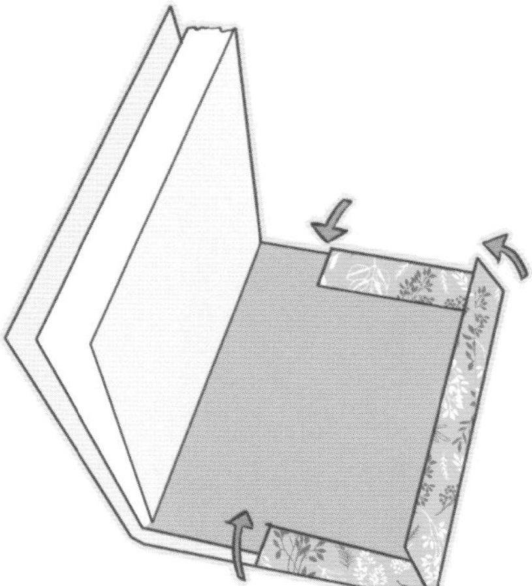

step ⑦

02

舞會插曲

「喬！你在哪裡？」梅格站在通往頂樓的樓梯下喊著。

「在這裡。」樓上傳來沙啞的聲音。

梅格跑上樓，看見喬裹著一條羊毛被，坐在一張靠窗的舊三腳沙發上，邊啃著蘋果邊擦眼淚，正聚精會神的看著手上的小說。

這裡是喬最愛的地方。

她喜歡拿著幾顆蘋果與一本好書，在這裡享受寧靜。

「你看，這是嘉德納夫人邀請我們參加明晚舞會的邀請函。」梅格說，

「媽媽答應讓我們參加，可是，我們該穿什麼好呢？真希望我有一件絲綢衣裳

呀！」

「你的衣服很好了，就像新的一樣。啊！我那件禮服被燒破了一個洞，怎麼辦？」喬大叫起來。

「你只要乖乖坐著，別讓人看見後面的破洞就好啦！」梅格說。

「好吧，我會盡量不闖禍，你先去回覆請帖吧！讓我繼續把小說看完。」

到了新年前夕當天，兩個姊姊正在為舞會做準備，兩個妹妹也幫忙姊姊化妝，姊妹們跑上跑下、又說又笑。

忽然，屋內瀰漫著一股頭髮燒焦的異味。

原來是梅格想把瀏海燙捲，喬就用一把燒熱的燙髮夾夾住她用紙包著的頭髮。

「那樣冒煙是正常的嗎？」靠在床上的貝絲問。

「那是溼氣被蒸發了啦！」喬回答。

「好奇怪的味道，就好像羽毛燒焦的味道。」艾美得意的摸著自己漂亮的捲髮。

「等我把紙卷拿開，就能看見漂亮的捲瀏海了。」喬把燙髮夾放下。

不過，她拿開紙卷時，竟然連頭髮都一起掉下來。

喬大吃一驚，連忙把燒焦的頭髮放到梅格面前的鏡臺上。

「天啊！我的頭髮！我要怎麼見人啊？」梅格絕望的看著參差不齊的瀏海，放聲大哭。

「對不起！我每次都把事情搞得一團糟。」喬感到懊惱萬分，淚水奪眶而出。

「沒那麼糟啦！把瀏海往上捲，再綁條緞帶，在前額打個結，就是最時髦的髮型。很多女孩都這樣打扮呢！」艾美安慰著。

「活該！誰教我愛漂亮。」梅格哭著說。

「真可惜，柔順的秀髮被弄成這樣，還好頭髮長得很快，不用擔心。」貝絲走過來，親吻著這隻被剪了毛的羊兒。

雖然發生小意外，梅格還是打扮好了，喬也穿好衣服、綁起頭髮。兩人的服飾雖然簡單，看來卻有種素雅的美。

不過，梅格不肯承認腳下的高跟鞋太緊，所以腳隱隱發疼；而喬的髮夾就像直直插進腦袋一樣，讓她感覺很不自在。

「祝你們玩得開心，寶貝。記得十一點鐘回家，我讓漢娜去接你們。」

馬奇太太對優雅走上人行道的兩姊妹叮嚀著。

在嘉德納夫人的化妝間，梅格對著鏡子瞧了半天，才轉過身來說：「喬，記得不要讓人看到衣服燒壞的地方。還有，我的頭髮看起來是不是很糟？」

「我一定會忘記……假如你看到我做錯什麼事，就眨眨眼睛提醒我。」喬說著，匆匆整理一下頭髮，又拉了拉衣領。

「不行，眨眼不是淑女會做的事。如果你做對了，我就點點頭，要是做錯了，我就抬抬眉毛。現在把腰挺直，待會兒把你介紹給別人時，不要沒規矩的跟對方握手。」梅格交代著。

兩人都很緊張，因為她們很少參加舞會，於是微帶羞怯的走向嘉德納夫人。嘉德納夫人親切的接待她們，並將兩人交給大女兒莎莉。

當舞曲響起時，梅格很快就被邀請進入舞池。她的腳步輕盈，笑臉迎人，完全看不出來她的雙腳正被不合腳的高跟鞋折磨著。

這時，喬看見一個紅髮、大個子的年輕人朝她走來，她擔心他會邀自己跳舞，便快步溜進一間垂著簾幕的休息室。

沒想到，她一轉身就看見「勞倫斯家的男孩」，害羞的他早就看上了這個可以躲藏的地方。

「噢！我不知道這裡有人。」喬說完，就準備像剛才衝進來一樣退出去。

「別在意，你喜歡就待著吧！」雖然有些吃驚，男孩還是愉快的說。

「我會打擾到你嗎？」喬問。

「一點也不會。我躲到這裡，是因為外面的許多人我都不認識。」

「我也一樣。」看到男孩低頭望著皮鞋，喬盡量用禮貌又不失輕鬆的口氣說，「我好像看過你……你就住在我家附近吧？」

「隔壁。」男孩抬起頭笑出聲來，因為對比喬現在一本正經的模樣，他想到曾經把貓送回她家，兩人談論板球的情況，忍不住笑起來。

「你送來美妙的聖誕節禮物，大家都很開心。」喬也輕鬆的跟著笑了。

「是爺爺送的。」男孩說。

「是你的主意吧？」

「你的貓還好嗎？馬奇小姐。」男孩想裝嚴肅，眼神卻閃著調皮的光芒。

「很好。謝謝你，勞倫斯先生。不過我叫喬，不是什麼馬奇小姐。」

「我叫勞里，我也不是勞倫斯先生。」

「勞里·勞倫斯，這名字真怪！」

「我的名字是希歐多爾，可是我不喜歡，因為朋友都叫我朵拉，所以我讓他們叫我勞里。」

「我也不喜歡自己的名字，喬瑟芬太多愁善感了，所以我希望大家都叫我喬。你是怎麼讓那些男孩不再叫你朵拉？」

「痛打他們呀！」

「我不能痛打馬奇嬸嬸，只好隨便她怎麼叫了。」喬失望的歎了一口氣。

「你喜歡跳舞嗎，喬小姐？」勞里問。

「喜歡。不過今天場地比較小，我擔心會踩到別人的腳趾頭，或打翻東西出洋相，所以不跳。那你跳舞嗎？」

「偶而。我在國外待了好多年，在這裡認識的人並不多，還不太了解你們的生活方式。」

「國外！我最愛聽別人講旅行見聞了。快講給我聽！」

勞里答應喬的要求，對她談起了他的校園生活。

喬那男孩子氣的個性讓勞里感覺輕鬆，很快便不再害羞，而開心聆聽的喬也忘了衣服有破洞的事。

勞里提到下個月自己就要滿十六歲，而且要準備上大學，但他一提到這件事就皺起眉頭，不願多談。

「這首波卡舞曲棒極了，你為什麼不去跳呢？」喬趕緊轉移話題。

「如果你願意一起跳……？」勞里禮貌的邀請著。

「我不跳舞是有原因的，你要答應我不告訴別人。」

「我保證不說。」

「我有個壞習慣，喜歡站在火爐前，所以經常燒壞衣服。有一次不小心把這件衣服燒出一個洞，雖然用心縫補過，還是看得出來，於是梅格要我今天別亂動。我知道這很好笑，你要笑就笑出來吧！」

讓喬詫異的是，勞里並沒有笑，他低頭沉思一會兒，溫和的說：「來吧！那裡有一個長長的走廊，我們可以盡情跳舞，不會被人看見。」

喬和勞里在空盪盪的走廊上盡興的跳完一首波卡舞曲。

音樂停止後，他們坐在樓梯上喘息。勞里跟喬談起德國海德堡的學生慶祝

會，但才講到一半，就見梅格突然出現，喬只好不情願的跟她走進旁邊的房間。

「這雙討厭的高跟鞋害我扭傷腳，現在我該怎麼走路回家呢？」梅格臉色蒼白的坐在沙發上，用手托著腳。

「我也不知道，除非叫一輛馬車或者在這裡過夜。」喬一邊說，一邊替梅格輕輕揉著腳。

「叫一輛馬車要花不少錢。我在這裡等漢娜來，再想辦法離開吧！」

「那我陪著你。」喬說。

「不，親愛的，快去幫我弄點咖啡，我現在累得要死。」梅格虛弱的靠在沙發上。

喬慌張的跑向餐廳，沒想到匆忙中弄翻了剛倒好的咖啡，把衣服弄髒了。

「我可以為你效勞嗎？」勞里手中端著飲料問。

「梅格累壞了，我想拿一杯咖啡給她，誰知道被撞了一下，就變成這副狼狽的模樣。」喬沮喪的看著被弄髒的裙子和染成咖啡色的手套。

「我替你拿過去吧！」

「噢，謝謝你，東西還是你來拿，免得我又闖禍。」喬走在前面帶路。

勞里的體貼和殷勤，就連挑剔的梅格也忍不住稱讚。

不久，漢娜來了，梅格忘記腳痛，猛的站起身，結果痛得大叫。

漢娜連忙問：「怎麼啦？」

「沒什麼，只是腳扭了一下，不要緊的。」梅格一拐一拐的上樓去收拾隨身物品。

看著梅格在漢娜面前痛得直哭，喬一溜煙跑下樓，想請傭人幫忙叫馬車。

剛好勞里聽見，便走上前對她說：「外面下著雨呢！我也要離開了，可以送你們回家，反正順路。」

喬萬分感激的接受了勞里的好意，事情就這樣圓滿的解決了。

DIY 真有趣

萌萌蝴蝶結髮帶

別擔心，我用絲巾幫你做造型！
喬，你做了什麼好事？我的頭髮完蛋了啦！

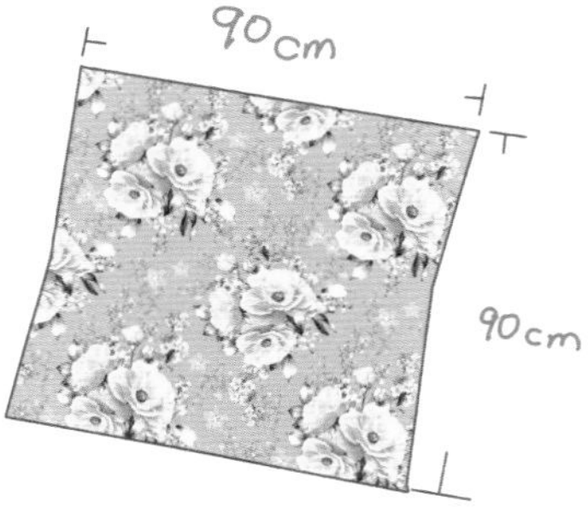
90cm
90cm

*材料

90×90公分的方形絲巾一條

*作法

step ①

抓出大方巾的兩個對角，打一個結。

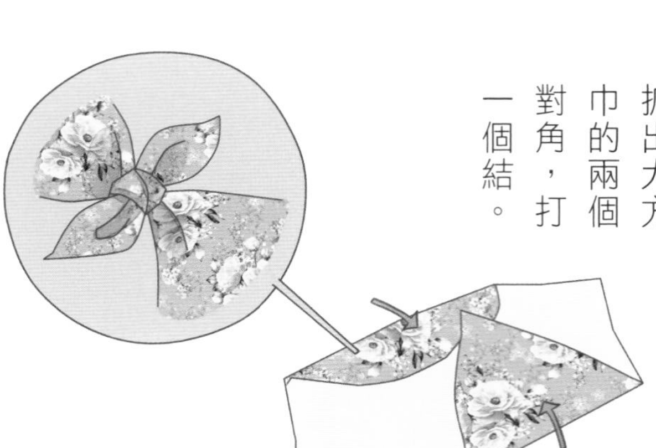

step ②

按照圖①②③④的步驟，兩邊都向內摺疊兩次。摺好後，再對摺變成長條形。

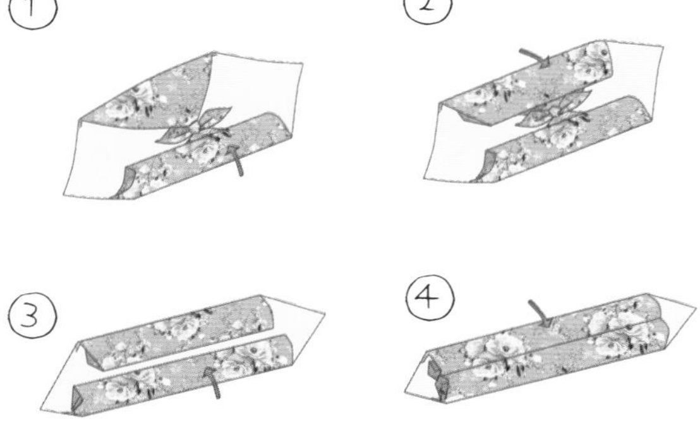

step ③

按照以下步驟，先將絲巾放在頭頂（圖①），然後兩邊繞過頭髮下方，在脖子後面交叉（圖②），再由下往上繞回頭頂（圖③），最後，打上一個蝴蝶結（圖④）。

03

友善的鄰居

「喬，你要去哪裡？」

梅格看見喬戴著雪帽、穿著膠靴、披著舊布袋，一手拿鐵鍬、一手拿掃把，正大步穿過大廳。

「我要出去活動一下筋骨。」喬的眼中閃著調皮的光芒。

「你今天早上散步了兩次還不夠嗎？外面那麼冷，你還是待在火爐邊取暖吧！」

「我又不是貓咪，怎麼能整天都待在家？我喜歡冒險，所以我現在要去探險。」

喬走向院子，開始使勁的鏟雪，很快就用掃把掃出一條小徑。這樣，等太陽出來，貝絲就可以帶著寶貝玩偶出來散步，呼吸新鮮空氣。

馬奇家的房子是一棟顏色陳舊的棕色房子，與勞倫斯家只隔著一排低矮樹籬，隔壁看上去是一棟氣派的石樓，透過華麗的簾幕，隱約可以看見屋內精美的家具。不過房子卻瀰漫著孤寂的氛圍，總是只有勞倫斯老先生和他的孫子進進出出。

在喬眼中，這座樓房就像幻想中的宮殿，她很早就想看看裡面有什麼寶物，也想認識一下那位「勞倫斯家的男孩」，和他交朋友，因為他看起來很寂寞。

那天舞會之後，喬想了許多和勞里交朋友的方法，但最近幾天卻很少看見他，所以喬還以為他出遠門了，沒想到，有一天又看見勞里出現在樓上的窗邊。他若有所思的往下望著她們的花園，當時貝絲和艾美正在花園裡玩雪球，開心打鬧著。

「這個男孩沒有朋友也不快樂，他爺爺也不知道他需要什麼，我真想走過去把情況告訴那位老紳士。」

喬心裡悄悄想著，之後「走過去」這個念頭一直在喬的腦海中盤旋。

有一天，喬看見勞倫斯老先生坐車出門後，她決定採取行動。喬開始鏟雪，一路鏟到樹籬邊才停下來四處張望，果然看見勞里在樓上窗邊慵懶的托著腮。

「如果我把雪球拋上去，就能引起他注意，和他好好說上幾句話。」

喬一邊想著，一邊捧著軟綿綿的雪球朝樓上扔。

勞里嚇了一跳，轉過臉來，一看到喬，無精打采的神情頓時一掃而空，一雙大眼睛閃閃發亮，嘴角含著笑意。

喬用力揮舞著掃把，大喊：「你好嗎？是不是生病了？」

勞里打開窗戶，發出烏鴉般沙啞的聲音：「謝謝你的關心。我得了重感冒，已經休息了一個星期。」

「沒人來探望你，或是念書給你聽嗎？」喬問。

「爺爺偶而會念一點，但是他不喜歡我的書。我也不想見任何人，何況男孩子太吵鬧，我會頭痛得受不了。」

「那就找個女孩呀！女孩子比較文靜又樂於照顧別人。」

「我又不認識什麼女孩。」

「你認識我們啊！」喬提醒他。

「對耶！我可以請你過來嗎？」勞里問。

「我要先問問媽媽，你把窗戶關上，不要著涼了，我一會兒就來。」

不久，勞倫斯家的門鈴響起，滿臉疑惑的傭人上樓跟勞里說有一位小姐求見。

「請她上來，那是對面的喬小姐。」勞里邊說邊走到小客廳門口迎接客人。

喬面帶笑容走進來，一手端著蓋住的盤子，一手捧著貝絲的三隻小貓。

「我來了，還帶著全部的家當。」喬爽朗的說，「媽媽要我向你問候，希望你早日康復；梅格託我送來她做的牛奶凍，味道棒極了。貝絲覺得她的小貓能安慰你，叫我一定要帶牠們來。」

勞里被這份有趣的禮物逗得哈哈大笑，不再害羞，人也變得活潑起來。

「牛奶凍做得太精緻，讓人捨不得吃。」

看著喬掀開蓋子，盤子裡的牛奶凍還圍著艾美最喜歡的天竺葵花朵和一圈綠葉，勞里開心的笑了。

「這只是大家的一番心意。現在，要我念書給你聽嗎？」

「這些書我都看過，假如你不介意，我寧願和你說說話。」勞里回答。

「只要你願意聽，我可以跟你聊一整天。貝絲常說我囉嗦。」

「貝絲是不是經常待在家裡，有時會拎著小籃子出去的那一位？」

「對，標準的乖乖女，我最疼愛她。」

「漂亮的那位是梅格，捲髮的是艾美，對嗎？」

「你怎麼這麼清楚？」

「我常聽見你們在院子裡呼喚對方，也常常忍不住望向你家，有時還看見你們和母親圍坐在爐火旁，你母親的臉正好對著我，在鮮花映襯下顯得格外慈祥。你知道，我沒有媽媽。」勞里的嘴角不自覺的抽搐一下，趕緊捅捅爐火藉以掩飾。

勞里那孤獨、渴望關懷的眼神，觸動了喬那溫暖的心。

她輕柔的說：「以後我們就不把窗簾拉上，讓你看個夠。不過，你也可以到我家來，媽媽會熱情歡迎你，貝絲會唱歌給你聽，艾美可以為你跳舞，我和梅格也會讓你看有趣的舞臺道具，你一定會玩得很開心。可是，你爺爺會讓你來嗎？」

「如果請你媽媽和他說，他一定會同意。爺爺很疼我，只是擔心我會打擾到別人。」勞里興奮的說。

「我們是鄰居，不是別人。你應該多出門，才能交到朋友。」喬說。

「嗯。對了，你喜歡你的學校嗎？」勞里問。

「我沒有上學，正在侍奉我的姑媽。」

勞里想再多問，但一想到打聽別人的私事是不禮貌的行為，就連忙住口，表情也變得很不自然。

但喬覺得說說姑媽的趣事也無妨，便活靈活現的描述愛發脾氣的老太太，以及她養的胖捲毛狗和會講西班牙語的鸚鵡，勞里聽得如癡如醉。

尤其聽到有位嚴肅的老紳士向

姑媽求婚，在說著甜言蜜語時，忽然被鸚鵡一把扯下假髮……勞里更是笑得眼淚都流出來了。

「你的故事真是靈丹妙藥，請再接著說。」勞里的臉色轉為紅潤。

喬繼續談起生活中各種有趣的事，兩人又聊起書，她發現勞里也愛讀書，而且比她讀得更多。

「下樓來看看我家的書吧！你不必害怕，爺爺出門了。」勞里站起身。

「我什麼也不怕。」喬傲氣的抬起頭。

「我才不相信。」勞里大聲說。他帶著喬逐一參觀房間，最後來到藏書室。房間裡擺滿書本、雕塑、圖畫，以及裝滿錢幣和古玩、引人注目的小櫥櫃。

「你家真有錢！」喬坐在天鵝絨椅上，滿足的看著四周。「希歐多爾・勞倫斯，你真是世界上最幸福的孩子。」

「人又不能只靠書活著。」勞里正想說下去時，門鈴響起。

「哎呀！你爺爺回來了。」喬驚慌的站起來。

「你不是什麼也不怕嗎？」勞里俏皮的問。

「我也不知道為什麼會這樣。」喬緊張的盯著房門。

女傭通報，原來是醫生來了。

勞里暫時離開，留下喬一個人在藏書室。

喬站在老紳士的肖像前，門忽然又打開。她沒有回頭，自信的說：「雖然他嘴角冷峻，看起來很強勢，但我現在確定自己不會怕他，因為他有一雙善良的眼睛。而且他就算沒有我外公英俊，我還是很喜歡他。」

「承蒙誇獎，小姐。」一個生硬的聲音從喬的背後傳來。

原來是勞倫斯老先生，喬恨不得找個地洞鑽進去。

「所以，你不怕我？」老先生打破令人窒息的沉默。

「不是很怕，先生。」喬沉著應對。

「雖然我沒有你外公英俊，你還是很喜歡我？」

「是的，先生。」

這個答案讓老先生很高興，他笑了笑，跟喬握手，神情嚴肅的仔細看著她，然後放開手，點點頭。

「你雖然沒有遺傳到你外公的俊美相貌，但是你繼承了他的勇敢與正直。身為他的朋友，我感到很自豪。」

「謝謝您，先生。」喬現在感覺自在許多。

「你對我孫子做了什麼，嗯？」

「我只是想和他成為好鄰居，先生。他看起來很孤獨，如果需要幫忙，我們很樂意一起幫助勞里，我們從沒忘記您送來的聖誕大禮。」

「那是勞里做的事。你和你外公一樣樂善好施，請轉告你母親，改日我會登門拜訪。現在用茶的鈴聲響了，我們一起去吃茶點。」

「如果您樂意的話，先生。」

「如果我不喜歡，就不會邀請你。」勞倫斯老先生邊說邊行舊式禮節，向她伸出手臂。

這時勞里跑來，看見喬居然和他畏懼的爺爺手挽著手，不禁愣在原地。

「你這孩子怎麼發起呆了？快一起來喝茶。」

勞倫斯老先生疼愛的扯扯孫子的頭髮，挽著喬繼續向前走。

看到勞里在他們背後傻兮兮的發愣，喬差點忍不住大笑。

和好友分享的鮮奶凍

*材料

吉利丁 7g

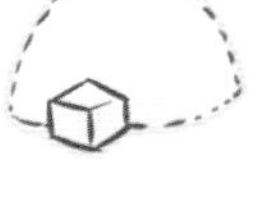

糖 65g

鮮奶 400g

*工具

杯子或模型

攪拌器

鍋子

*作法

step ①

把所有材料放入鍋中。

step ②

開小火，一邊煮一邊攪拌，煮到糖完全溶化，鍋邊開始冒出小泡泡。

用小火煮並且不斷攪拌，才不會燒焦喔！

step ③

把煮好的微溫鮮奶倒入杯子或模型中，冷卻後再放進冰箱冷藏約20分鐘，凝固後就是超好吃的美味鮮奶凍囉！

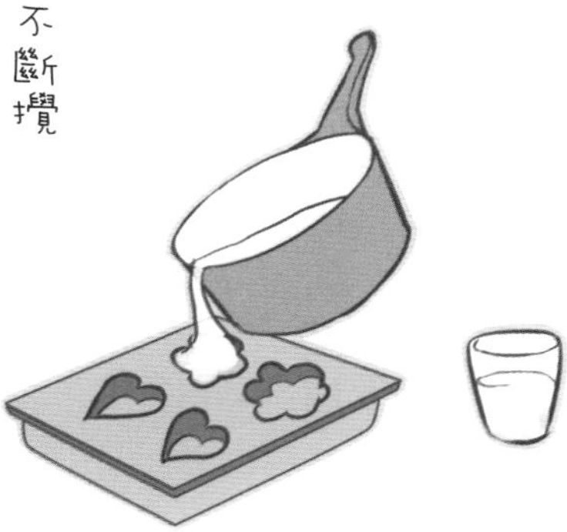

04 貝絲的美麗宮殿

勞倫斯家的大房子對馬奇家來說，就像《天路歷程》書中所描寫的美麗宮殿一樣，是必須經過千辛萬苦，克服種種誘惑才能抵達的地方。其中最大的考驗就是要穿過獅子群，而勞倫斯老先生就是那頭最大的獅子。

不過，自從勞倫斯老先生拜訪了馬奇家，和眾人一一交談後，大家就不再怕他了，只剩下膽小的貝絲。

但是馬奇家還是不好意思接受勞倫斯家的恩惠，因為兩家的貧富懸殊，讓馬奇家很擔心無法回報。直到過了一陣子後，她們才發現，勞倫斯老先生認為自己才是受惠的一方，因為他從她們家感受到的溫暖接納，以及愉快的交際，都讓他覺得自己做再多也無法表達他的感激。從那之後，她們不再在乎誰付出的更多，而是接受了彼此的友誼。

由於勞里從小失去母親又沒有姊妹，很快就受到她們忙碌、活躍的生活方式影響，覺得和人交往的互動比讀書有趣，於是經常翹課跑到馬奇家玩，這使得勞里的家庭教師布魯克先生時常向勞倫斯老先生告狀。

「沒關係，讓他放個假，以後會補回來的。」老先生說，「馬奇太太說勞里太用功，需要適度娛樂，更需要年輕人作伴。我認為她說的很有道理，馬奇太太比我們更知道該怎麼做。」

在這段快樂的時光裡，他們一起演戲、滑雪……勞里在馬奇家度過了許多個美好的夜晚，有時也會在自己家舉辦快樂的小晚會。

梅格現在能自由進入勞倫斯家的溫室採摘鮮花，喬也從藏書室裡借閱書籍，然後向老先生發表高見，而艾美則摹繪著圖畫，盡情陶醉在美的享受中，至於勞里，他開心的扮演著「莊園主」的角色。

貝絲雖然對大鋼琴朝思暮想，卻無法鼓起勇氣，走入那間被梅格稱為「快樂之源」的屋子。她曾經和喬去過一次，因為老先生不知道她天生膽小，用濃眉下的雙眼盯著她，聲音宏亮的喊了一聲「嗨」，就嚇得貝絲雙腳發抖。

那次，貝絲奪門而出，並宣布再也不來這裡，對大鋼琴也忍痛割愛。

勞倫斯老先生聽說這件事後，在一次短暫

的來訪中，巧妙的將話題轉到音樂上，談起一些歌手和樂器的趣聞。

貝絲躲在遠遠的角落聽得入迷，忍不住站到勞倫斯老先生的椅子背後偷偷聆聽，眼睛睜得大大的，雙頰也因為自己不尋常的舉動而羞紅。

勞倫斯老先生假裝沒發現，把話題又轉到勞里的課業上。

「勞里現在不太彈鋼琴了，對此我感到很高興，因為他在鋼琴上花太多時間了，不過鋼琴放著不用，太可惜了，不知道你們有沒有誰，會願意到我家來彈彈琴呢？」

太棒了！貝絲簡直喜出望外，只差沒拍手叫好。

沒等馬奇太太回答，勞倫斯老先生又說：「她們可以隨時過來，我會待在屋子另一邊的書房，勞里經常不在家，九點以後傭人也不會走進客廳。」

勞倫斯老先生說到這裡便站起身，似乎準備告辭。

「請將我的話轉告給年輕小姐們，如果她們不想來也無妨。」

「噢！先生，她們會想去的，非常、非常想！」貝絲一臉感激的仰望老先生，將一隻小手塞進他手中，害羞的說。

「你就是那位喜歡音樂的小姐嗎？」勞倫斯老先生低頭問，沒有嚇人的喊「嗨」，而是和藹的望著她。

「我叫貝絲，如果您確定沒有人會被我的琴聲打擾，我會去的。」貝絲顫抖的說。

「親愛的，你儘管過來彈琴吧！非常歡迎你。」

「您心腸真好，先生。」

貝絲被他慈愛的眼神看得面紅耳赤，不過她現在不再害怕，由於找不到合適的話表示感謝，只能感激的握住那雙大手。

「我曾經有位小孫女，眼睛和你一模一樣。上帝保佑你，親愛的孩子！再見，夫人。」勞倫斯老先生說完便匆匆離去。

第二天，貝絲看到這對祖孫都出門了，猶豫半天，終於從側門進入，躡手躡腳走向擺放鋼琴的客廳。

鋼琴上「碰巧」放了幾張動聽又簡單的樂譜，貝絲不安的四處張望，終於用顫抖的手指彈響琴鍵，悅耳的琴聲使她忘記恐懼，陶醉在難以言喻的快樂之中。

貝絲一直彈到漢娜過來接她回家吃飯，但是她根本不想吃，只是坐在一旁傻笑，眼中閃爍著無比開心的光芒。

之後，貝絲經常戴著棕色小帽溜過樹籬，一個人到勞倫斯家彈琴。

她完全沉浸在自己的音樂世界裡，不知道勞倫斯老先生時常打開書房門，安靜的傾聽他喜歡的舊曲子，也不曾見過勞里在大廳提醒傭人不要靠近她，更從沒懷疑過樂譜和新歌都是專門為她準備的。

有時候勞倫斯老先生也會在家裡和她談論音樂，使她受益良多。

對於勞倫斯老先生的慷慨，貝絲心中充滿感激。

幾個星期後，貝絲向媽媽提出一個要求。

「媽媽，勞倫斯老先生對我這麼好，我想做一雙拖鞋給他，來表示我的感激。您說可以嗎？」

「當然可以，親愛的。勞倫斯老先生收到後，一定會非常高興。姊妹們會幫忙你，費用由我來出。」貝絲很少為自己要求什麼，所以馬奇太太一口答應。

經過討論，大家一致認為，紫黑色底搭配一叢莊重且生機盎然的三色堇圖案，最漂亮也最適合勞倫斯老先生。

選定後，貝絲開始製作，從早忙到晚，偶而碰到困難才請別人幫忙。

鞋子完工後，她寫了一張便條，請勞里在某天早晨趁著老先生還沒起床前，替她放在書房的書桌上。

貝絲忐忑不安的等待著老先生的回應，但是直到隔天中午仍然沒有動靜。她開始擔心，自己是不是不小心冒犯了這位性格怪僻的朋友。

下午，貝絲出門辦點事，回家時，看見一家人在客廳窗邊探頭探腦，見貝絲回來，她們一起招手，興奮的高聲喊著：「老先生寫了一封信給我們，快來讀吧！」

「噢！貝絲，他送你……」艾美手舞足蹈的說著，卻被喬「砰」的一聲關上窗戶，打斷了艾美的話。

貝絲連忙加快腳步，才走到門口就被姊妹們擁入大廳。

「看哪！看哪！」她們一起指著前方。

只見屋裡放著一架精緻、小巧的鋼琴，光滑、明亮的琴蓋上還放著一封信，上面寫著「致伊莉莎白・馬奇小姐」。

「給我的？」貝絲氣喘吁吁，感覺自己就快倒下，趕緊抓住喬。

「對，就是給你的。你說，他是不是世界上最可愛的老先生？信還沒拆，我們都急切想知道他說些什麼。」喬緊緊摟著妹妹，遞上那封信。

「好像在作夢，我頭有點暈，你來念吧！」貝絲被這突如其來的禮物，驚喜得六神無主。

喬一打開信就被映入眼簾的幾個字逗笑。

「馬奇小姐，親愛的女士……」

「動聽極了！真希望也有人寫這樣的信給我。」艾美一向認為舊式稱呼極為優雅。

「我這輩子穿過許多的拖鞋，卻沒有一雙像你做的這樣適合。三色堇是我最喜歡的花，我會永遠記住溫柔、可愛的贈花人。這架鋼琴是我回報你的禮物，它曾經屬於我失去的小孫女，希望你會喜歡。謹致上我最誠摯的謝意和祝福。詹姆士．勞倫斯。」喬念完信後接著說，「你一定要去謝謝他。」

「我要去，現在就去，再猶豫就會失去勇氣。」

沒想到貝絲真的採取行動，從花園穿過樹籬，走到勞倫斯家門口，毫不猶豫的敲門。

「進來。」門裡傳來一個生硬的聲音。

貝絲勇敢的走到勞倫斯老先生面前，伸出手，聲音微微顫抖的說：「我來謝謝您，先生。謝謝您！」

勞倫斯老先生慈愛的目光令貝絲忘記要說的話，她只記得眼前這位紳士失去了最疼愛的小孫女，於是伸出雙臂摟住他的脖子，吻一下他的臉頰。

這輕輕一吻所表露的真情，使勞倫斯老先生大為感動，他的心徹底被融化。

他把貝絲抱到膝蓋上，將布滿皺紋的臉貼在她玫瑰色的臉頰上，彷彿又看見了他親愛的小孫女。

05

艾美的恥辱

「你們看，那個小子像不像希臘神話裡的獨眼巨人？」艾美說。

這時，勞里正帥氣的騎著馬，經過她們時還揮了揮馬鞭。

「你怎麼這麼說呢？他的眼睛又沒瞎，而且還很明亮呢！」喬就是不能容忍有人批評她的朋友。

「我這麼說是羨慕他的騎術好。」艾美解釋。

「噢！原來小傻瓜搞錯了，想稱讚勞里是騎馬高手，卻說成了獨眼巨人。」喬大笑。

「這有什麼好笑的？老師說，這種口誤不過是無心之過。」艾美不甘示弱的回嘴，隨即低聲說著，「真希望我也有一點錢，可以像勞里一樣花在馬兒身上。」

艾美看起來像是在自言自語，其實是希望讓兩個姊姊聽到。

「為什麼？」梅格好意的問。

「我欠了不少債，但是我還要等一個月才能領到錢。」

「欠債！艾美，怎麼回事？」梅格神情嚴肅的問。

「我至少欠了一打醃漬萊姆，要等有了錢才能還清。」艾美一本正經的說。

「這是怎麼回事？」梅格又問。

「在學校大家都會買醃漬萊姆來送人，喜歡對方就送對方一顆，下課的時候大家會一塊吃，還可以拿來交換物品，我已經收了不少，但現在都還沒回禮，這些都是友情債呢！」

「你需要多少錢才能恢復信用？」梅格邊問邊掏出錢包。

「給我二十五美分就夠了，剩下的錢，我可以多買幾個給你。」

「我不喜歡醃漬萊姆，剩下的錢你留著，雖然不多，省著點花。」

「噢！好姊姊，有零用錢真好。因為不好意思再讓別人請客，我這星期都還沒嘗到醃漬萊姆，想得快瘋了！」

第二天，艾美到學校的時間已經晚了，但她還是忍不住把裝醃漬萊姆的棕色紙包拿出來向大家炫耀一番，然後才放到書桌抽屜裡。

幾分鐘後，就有謠言傳了出來，說艾美帶了二十四個美味的醃漬萊姆（她在路上已經吃了一個），準備要請客，於是艾美馬上就成了大家的目光焦點。

凱蒂．布朗立刻邀她參加下次的聚會；瑪莉．金斯利堅持要把手錶借給她戴到下課；就連曾經挖苦過艾美的珍妮．斯諾，也主動獻上殷勤。

可惜艾美並沒有忘掉珍妮那些尖酸刻薄的話，像是「有些人雖然鼻子扁，還是可以聞到別人的醃漬萊姆味，然後圍著那些不高傲的人，分一些醃漬萊姆來吃」。

於是，艾美當場擊碎「斯諾女孩」的希望，沒有好臉色的說：「你不必獻殷勤，我半個醃漬萊姆也不會分給你。」

剛好這天有一位重要人物到學校訪問，艾美因為地圖畫得很好，受到讚揚，所以擺出一副自命不凡的姿態。

當訪客將老掉牙的客套話說完，走出教室，對「敵人」懷恨在心的珍妮，馬上假裝向戴維斯老師提問，乘機告密，說艾美把醃漬萊姆藏在抽屜裡。

戴維斯老師早就宣布不准帶醃漬萊姆到教室，還鄭重發誓要懲罰第一個違規的人。

他曾經成功取締口香糖、焚燒沒收的小說，並禁止學生作鬼臉、取外號、畫漫畫等，決心要將五十名叛逆的女孩教養得循規蹈矩。

而且他這天顯然喝了沖泡過濃的咖啡，又因為颳個不停的風令神經受到刺激，所以，當他聽見珍妮打小報告，不由得大為光火。

「醃漬萊姆」四個字就像引爆炸藥的火苗，惹惱戴維斯先生，氣得他漲紅臉，用力敲擊講臺，嚇得珍妮飛速溜回座位。

「女孩們，請你們注意！」戴維斯老師厲聲一喝，全班立刻鴉雀無聲，五十雙眼睛全部乖乖盯住那張可怕的臉。

「馬奇小姐，到講臺來。」

艾美表面上強裝鎮定，但其實又驚又怕，抽屜裡的醃漬萊姆更是壓得她心裡沉甸甸的。

她正準備走出座位，又聽見第二道命令：「把抽屜裡的醃漬萊姆帶過來。」

「不要全部帶去。」坐在艾美身邊的女孩，頭腦冷靜的低聲說著。

艾美聽了，匆忙將六顆抖進抽屜裡，然後將其餘的醃漬萊姆全都放在戴維斯老師面前，心想，就算鐵石心腸的人，聞到這股香味也會心軟吧。

不幸的是，戴維斯老師對這種時髦醃果的味道特別反感。

「就這些嗎？」

「還有幾個。」艾美結結巴巴的說。

「馬上把剩下的都拿過來！」

艾美絕望的看了同伴一眼，乖乖照做。

「你確定沒有了嗎？」

「我從不撒謊，先生。」

「那好，現在把這些討厭的東西，兩個、兩個、兩個拿起來，扔到窗外。」

眼看最後的希望也沒了，女孩們不禁同時發出一陣歎息聲。

艾美又羞又惱，滿臉通紅，來回六趟才將醃漬萊姆全部丟掉。她最後一次走回來時，戴維斯老師發出令人顫慄的一聲「哼」，裝腔作勢的教訓著：「女孩們，還記得我一週前說過的話吧！我絕不姑息違反紀律的行為。馬奇小姐，伸出手來。」

艾美嚇了一跳，趕緊把手藏到背後，用哀求的目光望著戴維斯老師。

「伸出手，馬奇小姐！」戴維斯老師又說。

好強的艾美咬緊牙關，傲氣的把頭向後一甩，任由小手捱了幾下板子。雖然打得不重，但是生平第一次在大庭廣眾下被懲罰，就跟把她打倒在地的恥辱沒兩樣。

「現在站到講臺上，一直到下課為止。」戴維斯老師說。

這真是太可怕了！看見艾美直挺挺的站在講臺上，大家再也無心上課。

艾美足足罰站十五分鐘，感覺比一個小時還要漫長，一想到家人知道後會對她失望透頂，她就顧不了手掌和心中的痛楚了。

好不容易盼到下課，戴維斯老師才讓她離開，他看起來心裡也不好受。艾美瞪了他一眼，一聲不吭的走回座位，快速抓起自己的東西，暗自發誓要「永遠」離開這個屈辱之地。

傷心的艾美回到家不久，姊妹們陸續回來，大家聽說艾美的事都很憤怒。馬奇太太雖然神情激動，卻沒多說什麼，只是溫柔安慰著自尊心受創的小女孩；梅格一邊用甘油塗抹她遭受凌辱的手心，一邊流眼淚；貝絲覺得就算派出可愛的小貓咪也無法安撫這種沉重的痛苦；喬則是怒髮衝冠，認為戴維斯老師應該立即被逮捕；漢娜大力攪打著製作晚餐的馬鈴薯，就好像馬鈴薯是那個壞蛋一樣。

第二天，除了幾個好友之外，沒有人注意到艾美沒來上學。

但是眼尖的女孩們發覺戴維斯老師變得十分寬厚，還顯得格外緊張。

快放學時，喬露面了。

她表情嚴肅的大步走近講臺，將母親寫的一封信交上去，然後收拾好艾美的東西，轉身離開，還在門檻上狠狠的蹭去泥土，似乎要將這裡的髒東西從腳上蹭乾淨。

這天晚上，馬奇太太告訴艾美：「我不贊成體罰，也不喜歡戴維斯老師的教學方式，我會先徵求你父親同意，看他是否願意讓你轉學。」

「太好了，我希望大家都轉學，拆掉戴維斯老師的學校。一想到那些被丟掉的可口醃漬萊姆，我就氣得要命。」艾美歎息著。

「你沒了醃漬萊姆，我並不難過，因為你破壞紀律，就應該受到懲罰。」馬奇太太說。

「您的意思是，您很高興我在全班同學面前受到侮辱嗎？」艾美大喊。

「我並不贊成用體罰來糾正錯誤，不過你現在太自大，這樣會害了自己。真正的才華或優良的品德不怕被人忽略，謙虛才會使人充滿魅力。」馬奇太太回答。

「沒錯！」勞里在一旁贊同的說。

勞里離開後，艾美悶悶不樂了一個晚上，突然問媽媽：「勞里算不算有才華？」

「當然，而且他一點也不自大，這就是我們全都喜歡他的原因。」

「我明白了，多才多藝、舉止優雅固然很好，但如果總是向人炫耀或自傲就不好，到頭來會一事無成。」艾美若有所悟的說。

「沒錯，就好比怕別人不知道你有什麼東西，把所有的帽子、衣服和飾品全部戴出來。」喬插嘴。

聽到這話，大家都笑了起來。

06

心中的小惡魔

「嘿！你們要去哪裡？」

星期六下午，艾美走進房間，發現兩個姊姊正準備偷溜出門。

「小孩子別多問，少管姊姊們的事。」喬強硬的說。

艾美聽了很生氣，轉而向梅格撒嬌：「帶我一起去，好不好？貝絲只顧著彈琴，剩下我沒事做，好無聊。」

「不行，親愛的。因為你沒有被邀請……」梅格剛開口就被喬打斷。

「別說了，不然會壞事。艾美，你不能去，不要再吵。」

「我知道你們要跟勞里出去，昨晚你們在客廳說說笑笑，一看見我進來就不說話。我說得對不對？」

「對，我們就是要和他一起出去，你不要再纏著我們。」

艾美閉上嘴，偷偷觀察著，看見梅格將一把扇子放進衣服口袋。

「我知道了！我知道了！你們要去劇院看《七座城堡》。我也要去，媽媽說我可以看這齣戲，而且我可以自己付錢。」

「可是你眼睛還沒好，不能受到強光刺激，下星期你再跟貝絲、漢娜一起去玩個痛快吧！」梅格安慰艾美。

「跟你們一起去比較好玩呀！我病了這麼久，一直悶在家裡都快發瘋，只要讓我去，我保證乖乖聽話。」艾美可憐兮兮的哀求著。

「我想，幫她穿暖一點再出門，媽媽應該不會生氣。」梅格心軟了。

「她去我就不去。勞里只邀請我們，她這樣很沒禮貌耶！」喬生氣的說。

喬不想費心照顧一個坐立難安的孩子，只想痛痛快快看場戲。

但是，喬的拒絕激怒了艾美，她穿起靴子，用最令人惱火的口氣說：「我一定要去！梅格都說我可以去了。只要我自己付錢，就跟勞里沒關係。」

「我們位子都訂好了，如果你要去，勞里就會把位子讓給你，這樣很掃興。」喬忍不住責備她。

才穿好一隻靴子的艾美坐在地上嚎啕大哭，梅格不停哄著她。

這時，勞里已經在樓下等著，兩人趕緊下樓，把艾美留在原地。

就在大家正要出發時，艾美靠在樓梯扶手，用威脅的語氣大喊：「喬．馬奇！你會後悔的，走著瞧吧！」

「囉嗦！」喬說完後，「砰」一聲把門關上。

那天，他們度過了一段愉快的時光。不過，喬心裡總是摻雜著一絲歉意，看見劇中美若天仙、一頭棕色捲髮的王后，她就想到艾美。

回到家時，艾美正在客廳讀書。一看到姊姊們回來，艾美裝出一副受傷的表情，什麼話都不說，繼續低著頭看書。

喬上樓放好帽子，馬上去檢查衣櫃。上次吵架，艾美氣得把她的抽屜翻倒在地上。

看到衣櫃沒事，喬以為艾美已經原諒她。沒想到第二天，喬發現有一樣東西不見了。

「誰拿走我的書？」喬激動的大叫。

「沒有啊！」梅格和貝絲驚訝的說。

艾美沒出聲，只是拿鐵鉗捅著火苗，臉頰突然紅起來。

「艾美，是你吧？」

「我沒有。」

「你一定知道書在哪裡！」

「我不知道。」

「撒謊！你不說，就讓你知道我的厲害。」一喬兩手揪住艾美的肩膀，凶狠的說。

「我把它燒掉了！」

「什麼？那是我費盡心思，想趕在爸爸回來之前寫完的小書，你真的把它燒掉了？」喬臉色發白，神經質的緊緊抓住艾美。

「對！誰叫你昨天對我凶，為了讓你後悔，我就把它燒掉了。」

「你這個狠心又惡毒的女孩，我再也寫不出同樣的東西，我永遠都不會原諒你！」喬悲憤交加的大叫，用力搖晃著艾美。

梅格趕緊跑來營救艾美，貝絲也上前安撫著喬，但是，喬仍然怒不可遏的賞了艾美一巴掌，接著衝出房間。

那本書是喬的驕傲，也被全家人視為很有前途的文學作品。

雖然書中只寫了六個童話故事，卻是喬投入所有心力的創作，而且希望寫完後能夠出版。沒想到，艾美一把火毀了她多年的努力。

馬奇太太回到家，了解事情的始末後，嚴肅的告訴艾美，她做了錯事，而且傷害了姊姊。

艾美非常後悔，於是在下午茶時間，鼓起勇氣向喬道歉：「喬，請原諒我。我非常、非常抱歉。」

「我絕對不會原諒你。」喬冷冷的拋出這句話，便再也不理睬艾美。

之後，大家絕口不提這件不幸的事，家裡氣氛也變得低迷，馬奇太太認為，最好的解決方法就是等事情出現轉機，或是等喬的怨恨和創傷被自己天生的寬容所消弭和治癒。

隔天，喬為了轉換心情，找了勞里一塊去溜冰。

艾美聽見溜冰鞋發出的聲響，向窗外望去，急得大叫起來：「喬答應過要帶我一起去，這已經是冰期尾聲了，不過，她現在一定不肯。」

「你燒掉喬心愛的書稿，要她原諒可沒那麼容易。我看，你就跟著他們，什麼話都別說，等喬和勞里玩到心情好轉，你再做點討人喜歡的事，我保證她會和你和好。」梅格建議。

艾美聽進梅格的話，趕緊帶著溜冰鞋追過去。

喬和勞里來到離河不遠的地方，看見艾美追來，轉過身去不想理她。

勞里正沿著河岸小心翼翼的滑行，根本沒發現艾美也跟來。

「我去第一個彎口看看，沒問題的話，我們再開始比賽。」說完，勞里就像離弦的箭飛馳而去。

這時，艾美氣喘吁吁的跑來，一邊跺腳，一邊朝著掌心呵氣。

喬還是不回頭，只是沿著河做「之」字滑行，慢慢的滑走，對艾美的舉動毫不在意。

勞里在轉彎時，回頭大聲喊：「靠河岸走，河中間不安全。」

喬聽見勞里的警告，轉頭望一眼正吃力穿著溜冰鞋的艾美，這時，心中的小魔鬼在她耳邊出主意：「別管艾美有沒有聽見，讓她自己照顧自己吧！」

勞里轉過彎口便消失了身影，喬也來到彎口處，落在後面的艾美卻滑向河中心比較平滑的冰面。

這時，決定向前滑行的喬有種不祥的預感，她停下來，轉過身，正好看見艾美高舉雙手，跌入碎裂的冰層。

聽見艾美的驚叫聲，喬嚇得心臟快要停止跳動。她想叫勞里，卻發不出聲音，想衝去救艾美，雙腳卻使不上力，只能動也不動，驚恐的盯著冰層中那頂小藍帽。

忽然，勞里的身影從喬身邊疾駛而過，還大叫著：「快去找一根長桿來，快！」

接下來幾分鐘，喬就像著了魔，只能乖乖聽從勞里指揮。

只見勞里平臥在冰上，用手臂和曲棍球棒拉起艾美，喬也從柵欄拔起一根長桿，兩人齊心合力，終於把艾美救出來。

勞里和喬脫下大衣，裹住受到驚嚇的艾美，兩人忍著哆嗦將艾美送回家。

喬從頭到尾不發一語，她臉色蒼白，裙子破了，雙手也被冰塊、柵欄和堅硬的鈕釦刮得腫脹、淤血。

晚上，艾美舒服的進入夢鄉，馬奇太太坐在床邊，把喬叫過來，為她包紮受傷的雙手。

「您確定她平安沒事嗎？」喬後悔莫及，望著那個差點就消失在冰層下的金髮腦袋。

「沒事。你用衣服裹著她，還馬上送她回家，這麼做很聰明。」

「這些都是勞里做的。媽媽，萬一艾美死了，都是我的錯。」喬哽咽的說，「都怪我的壞脾氣，我想努力改好，可是一生氣就失去理智。」

喬說明事情的經過，不斷責怪自己鐵石心腸，一臉懊悔。

「親愛的，你要隨時提防自己內心的敵人，盡全力克制暴躁脾氣，以免造成更大的悲劇，讓自己遺憾終生。」馬奇太太說。

「我會努力的。」喬承諾，緊緊擁抱著媽媽。

艾美在睡夢中動了動身子，歎了口氣，喬立刻看了過去。

「今天要不是勞里在場，一切都將無法挽救。唉，我怎麼這麼邪惡？」

喬說著，俯身輕撫艾美披散在枕頭上的溼髮。

艾美似乎聽見喬的聲音，她睜開眼睛，看到喬，笑了笑，接著伸出手臂，兩人隔著毯子緊緊相擁，喬輕吻了艾美一下，所有恩怨也隨之煙消雲散。

07

梅格勇闖名利場

四月份時，梅格得到一個休假的機會。

「那些孩子剛好都出麻疹，我真是太幸運了！」梅格一邊說，一邊打包行李。

「安妮．莫法特居然沒忘記承諾，邀請你到她家作客。可以盡情玩兩星期，真是太棒了！」喬說著，伸長手臂把裙子摺起來。

「而且天氣又這麼晴朗……」貝絲從她的寶貝箱子裡挑出幾條漂亮的圍巾，借給梅格。

「真希望我也能一起去。」艾美說著，把啣在嘴上的針，靈巧的插在針插上，要把它插滿。

「真希望你們能一塊去，可惜人家只邀請了我。為了感謝你們把東西借給我，還幫我整理行李，回來時，一定把有趣的事告訴你們。」

「我的珊瑚手環摔壞了，不然就能給你戴。」喬生性大方，不過她的寶貝多半殘破不堪，派不上什麼用場。

「媽媽的百寶箱裡有一件很漂亮的舊式珍珠首飾，不過媽媽說，鮮花才是年輕女孩最漂亮的裝飾品，所以，勞里答應要送我全部想要的鮮花。」梅格說。

第二天，梅格向大家辭行時，對十四天的假期充滿憧憬。

莫法特一家人不僅富有還很時髦，對梅格也很友善，但是，梅格常常覺得，他們並非真正有教養又聰明的人們，因為他們生活奢華、喜歡享樂，總是整天無所事事。

不過，梅格很嚮往這種生活，所以很快就開始模仿他們的言行舉止，談論著流行服飾，並開始覺得自己深受貧窮所苦，很可憐。

但梅格沒有太多時間煩惱，因為他們忙著享樂、遊玩、交朋友，而且莫法特全家都很寵愛她，還給她取了個可愛的暱稱，讓梅格聽了飄飄然。

到了小型晚會時，所有女孩都打扮得美若天仙，梅格的薄紗裙子雖好，但是和莎莉的新裙子一比，就顯得非常寒酸。

梅格看到其他女孩的視線掃過她，又看向其他人，不禁臉頰一紅，感到羞愧又難過。

雖然大家並沒有對她品頭論足，而且莎莉還主動替她梳頭，安妮也為她紮腰帶，還有貝兒稱讚她有雙潔白的手臂，但在梅格看來，這些都是對她的憐憫罷了。

正當梅格心情低落時，女傭突然送來一箱鮮花。

沒等梅格開口，安妮已
經打開箱子，眾人看見裡面
裝滿新鮮、絢麗的玫瑰、杜
鵑和綠蕨，發出一陣驚呼。

「這一定是給貝兒的，喬治經常送花給她。這些花真是美極了！」安妮深吸一口氣，嗅聞著。

「那位先生說，花是送給馬奇小姐的，還有張字條。」女傭邊說邊把字條遞給梅格。

「是誰送來的？沒想到你還有個情人呢！」女孩們好奇的圍著梅格轉來轉去。

「字條是媽媽寫的，鮮花是勞里送的。」梅格簡短回答，內心對勞里沒有忘記請託感激不盡。

她把字條放進口袋，當作抵禦嫉妒、虛榮和自大的護身符。

雖然字條上只有幾句洋溢慈愛的話，但梅格看了精神為之一振，美麗的鮮花更使她心情好轉。

她替自己留下幾枝綠蕨和玫瑰，剩下的做成精美花束，分贈給女孩別在胸前、頭髮和衣裙上。

梅格把綠蕨插在捲髮上，又在裙子別上幾朵玫瑰，果然增色不少。她對鏡一照，又看見一張雙眼炯炯有神的快樂臉孔。

那天晚上，梅格盡興的跳舞，還被恭維了三次。

安妮請她唱歌時，有人稱讚她歌聲甜美；林肯少校四處打聽「那位充滿靈氣的大眼睛女孩」是誰？莫法特先生也堅持要與她跳舞，還稱讚她舞步輕快、有力。

直到無意中聽到幾句閒言閒語，才讓梅格快樂的心情一落千丈。

「她有多大？」

「大概十六、七歲吧！」另一個聲音回答。

「莎莉說，他們現在關係很親密，老人又很寵愛她們。」

「我敢說，馬奇太太早有打算和勞倫斯家聯姻，只是那女孩還沒朝這方面想過。」莫法特太太說。

「她剛才撒了一個小謊，故意說字條是媽媽寫的。如果她打扮得時髦一點，一定很漂亮；星期四舞會，要是我們借裙子給她穿，她會介意嗎？」另一個聲音問。

「她是有點傲氣，但是應該不會介意，因為她只有那條邋遢的破裙子，也許今晚就會被她撕破，那我們就有藉口送她一條體面的裙子。」

「走著瞧吧！我要邀請小勞倫斯參加舞會，這樣就有好戲看了。」

梅格強忍著激動的情緒，在眾人面前強顏歡笑，直到舞會結束。

經過一夜輾轉難眠，第二天，梅格發現朋友對她的態度與之前大相逕庭。

「親愛的梅格，我發了請帖給你的朋友勞倫斯先生，請他星期四來參加舞會。到時候你只要稍加打扮，一定是個標緻的小美人。」安妮的姊姊貝兒說。

梅格無法拒絕她們的提議，她也很想看看自己打扮後是不是會變成「小美人」，所以點頭同意。

舞會當晚，貝兒和女傭把梅格的頭髮燙捲，在她的脖子和手臂撲上香粉，雙唇塗上珊瑚色唇膏，還為她選了一件胸口很低、非常緊身的天藍色洋裝，再配戴一套銀首飾，梅格看著鏡子裡的自己也不禁羞紅了臉。

「真迷人，小美人，出去讓大家看看吧！」貝兒把她打扮成洋娃娃後，滿意的說。

梅格緩緩走進客廳，幾位之前從沒正眼瞧過她的小姐，忽然對她十分親熱，老遠盯著她看的紳士也主動過來說好聽的話，就連坐在沙發上的老太太也對梅格比手畫腳，感興趣的打探著。

「她是瑪格麗特．馬奇，我們的親戚，也是勞倫斯家的摯友，就連我兒子奈德都對她非常著迷哩！」

莫法特太太的謊話連篇，梅格只能裝做沒聽見；一想到自己正扮演著一個新角色，她也樂在其中。

不久，當她搖著扇子，聽一位賣弄風趣的年輕人講著並不好笑的笑話，並假裝樂在其中的笑著，忽然發現勞里站在對面。

他面帶笑容，彎腰行禮，但是帶著一抹異樣的眼神，讓梅格感到慌亂，羞紅了臉。不過，梅格很快就鎮定下來，走了過去。

「我還擔心你不會來呢！」梅格露出大姊姊的模樣。

「喬希望我來，再把你的近況告訴她。不過你變成熟的樣子，有點令我害怕。」勞里不安的說。

「你不喜歡我現在的樣子嗎？」梅格問。

「是。我討厭浮誇、炫耀。」

聽到這話從一個比自己年輕的男孩口中說出來，梅格難受得轉身離去。

她惱怒的走到窗邊，想冷卻滾燙的雙頰。

這時，梅格無意間聽見林肯少校對母親說：「她們在捉弄那個小女孩，我本來打算讓你看看她，但是她們毀了她，把她打扮成一無是處的洋娃娃。」

梅格後悔的把額頭靠在冰冷的窗櫺上，連最喜歡的華爾滋舞曲響起，她也不為所動。

這時，有個人輕聲喚她，梅格回過頭來看到勞里，他一臉歉意，鄭重的向她鞠躬並伸出手。

「請原諒我剛才的無禮，和我跳支舞吧！」

「恐怕要讓你失望了。」梅格假裝生氣的拒絕。

「我雖然不喜歡你的衣服，但是真的認為你——美極了。」

這話讓梅格笑了出來，心軟的原諒他。

他們優雅的邁開舞步，因為在家練習過，兩人很有默契，也為舞會帶來歡樂的氣氛。

「勞里，我想請你幫個忙，好嗎？」梅格說。

「當然。」

「回去後什麼也別說，只要告訴他們我看起來很美，玩得很開心。」

「可是你看起來並不開心啊！」

「今晚的我不是梅格，只是個輕狂的洋娃娃，明天我就會變回原來的好女孩了。」梅格假笑說著。

勞里見梅格這樣，心裡很不高興。

晚餐時，梅格又和奈德以及他的朋友喝酒，還邊跳舞邊賣弄風情，像其他女孩一樣喋喋不休、傻笑著。

勞里想上前當護花使者，但梅格似乎故意避開他，直到離去前，他向她道晚安時，梅格才再一次叮嚀他要守口如瓶。

假期結束後，梅格向家人講述她的經歷，並一再強調玩得十分開心，但是馬奇太太看得出女兒神情有異。

直到兩個小妹上床睡覺後，梅格才向媽媽和喬坦白在莫法特家所做的蠢事。

「她們把我打扮得很時髦，還有人說我像『洋娃娃』，我明知道這樣好蠢，可是大家都誇我是個小美人，我就隨便她們擺布。」

「就這些嗎？」喬追問著。

馬奇太太望著女兒那張美麗、沮喪的臉孔，不忍心責備。

「我還喝了香檳，學人家賣弄風情、出盡洋相……」梅格漲紅臉說，「但我最痛恨別人猜測、議論我們跟勞里之間的關係。」

梅格把聽到的閒言閒語告訴媽媽和喬。

「這真是我聽過最無恥的瞎話！你為什麼沒有站出來說清楚？我們對勞里好，難道是因為他家有錢，以後會娶我們嗎？」喬氣憤的嚷著。

「媽媽，你真有這種想法嗎？」梅格問。

「金錢並不是唯一重要的東西，我寧願你們擁有愛情，是生活美滿的窮人家妻子，也不願你們成為沒有自尊的皇后。無論結婚或單身，爸媽永遠都是你們堅強的後盾。」馬奇太太說。

「我們一定會牢記的，媽媽。」姊妹倆發自內心的回答。

這些玫瑰花真漂亮，如果能永遠保存該有多好呀！
你看，這本書裡有很多好方法呢！

讓美麗永恆的乾燥花

*吊掛乾燥法

step ① 用麻繩或橡皮筋綁住花莖，倒掛在通風良好、不會被陽光直射的地方。

step ② 大約一到兩週就可以變乾燥花囉！

☆建議將每一朵花分開吊掛。

☆如果是本來插在花瓶裡的花，必須先將泡到水的枝幹剪掉，並且剪去多餘的葉子。

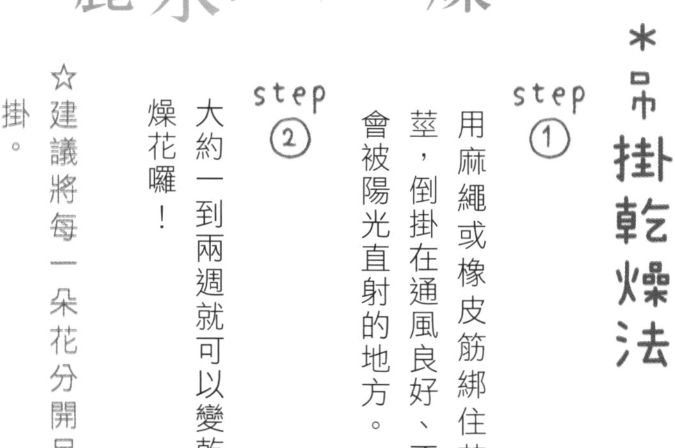

*蒸發乾燥法

step ①

小容器裡注入約1～5公分的水（試管形的最適合），插上花朵後放在室內通風良好的地方。

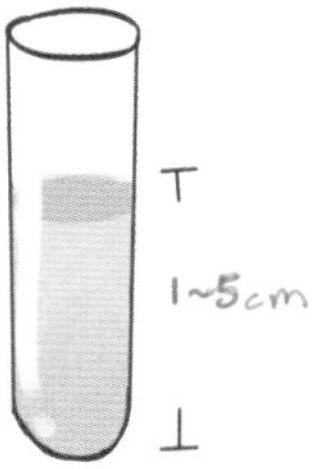

step ②

讓水分慢慢蒸發，大約需要一到兩週就可以變乾燥花。

☆這個方法比較適合圓形或是充滿輕柔感的花，例如繡球花或滿天星等。

☆莖或枝容易彎曲的植物，在完全乾燥前很容易就會垂下，並不適合這種方法喔！

*乾燥劑乾燥法

step ①

把花朵從花托下方大約2公分的地方剪下來。

step ②

在保鮮盒或玻璃瓶等密封容器中，鋪上乾燥花專用的矽膠乾燥劑，大約1公分厚。

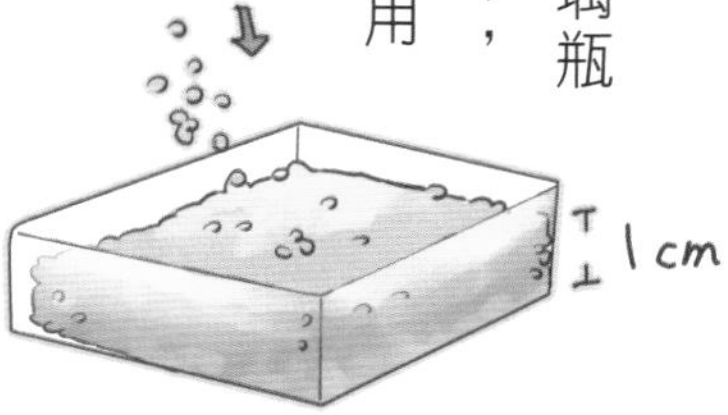

step ③

剪下的花朵擺在鋪好的乾燥劑上，再用湯匙把乾燥劑輕輕灑在花朵上，讓花朵完全埋沒在乾燥劑中。

step ④

蓋上容器，放置一週就可以變乾燥花。

☆這個方法適合花瓣很多、比較立體的花。

☆用這個方法做玫瑰乾燥花，比較容易留下鮮豔的色澤喔！

08

夢想與祕密

九月的悶熱午後，勞里無聊的躺在吊床上盪來盪去。四周一片寂靜，使他作起了白日夢。

忽然，一陣聲響把勞里拉回現實。

透過吊床的網洞，勞里發現馬奇家四姊妹走出家門，像是要去探險。每個人都戴著垂邊大帽，斜揹著棕色的亞麻布小袋，手持一根長棍。梅格帶著小藍墊子，喬拿本書，艾美挾個畫夾，貝絲拎著籃子。她們靜靜穿過花園，走出後門小院，開始攀登位於屋子和小河間的小山丘。

「去野餐居然不找我！該不會要去坐那艘船吧？可是她們沒有鑰匙啊！

我得拿去給她們。」

勞里花了一些時間挑帽子和找鑰匙，當他越過圍欄追過去時，已經不見女孩們的蹤影。他抄近路跑到停放小船的地方，卻不見有人過來，於是爬到小山丘上四下張望。

「風景真好！」勞里喃喃自語。

這時，他從灌木叢中看去，嘴角不自覺的上揚。

只見四姊妹坐在樹蔭一角，斑駁的陽光灑在她們身上。梅格坐在她帶來的墊子上，白皙的雙手正在靈活的穿針引線；貝絲在鐵杉樹下挑撿松果，打算用來做精緻的小玩意；艾美對著一叢蕨類植物寫生；喬則是一邊編織一邊大聲朗讀。

因為沒有被邀請，勞里有些失落，只是呆呆的站在一旁。

忽然，一隻專注於覓食的小松鼠，跑到了勞里身後，突然看到他便驚慌的四竄。

貝絲被小松鼠發出的聲音吸引，抬起頭，發現白樺樹後那張若有所思的臉，她燦然一笑，向勞里揮手。

「我可以加入你們嗎？」勞里慢慢

走上前去。

梅格正想開口，喬馬上瞪她一眼，說：「當然可以。我們本來想找你，又擔心你會不喜歡女孩子的遊戲。」

「我很喜歡呀！可是，如果梅格不想讓我加入，那我就走開。」

「如果你幫忙做點活，那我不反對。」梅格嚴肅而優雅的說。

「只要能留下來，什麼事我都願意做。」勞里神情愉快的坐下來。

「先把這個故事念完吧！」喬把書遞給勞里。

「遵命，小姐。」勞里認真的朗讀起來。

這個故事並不長，讀完後他提出內心的疑問。

「請問，今天這個富有教育意義的活動，是個新組織嗎？」

「我可以告訴他嗎？」梅格問三位妹妹。

「他會笑我們的。」艾美警告。

「我想他會喜歡。」貝絲接著說。

「我保證不會取笑你們。喬，你說吧！」

「是這樣的，為了不浪費假期，我們各自訂下一個目標並且全力以赴，等假期結束，我們的任務也全部完成，就不會虛度光陰了。」

「這麼做很好！」想起自己無所事事的浪費時間，勞里十分後悔。

「媽媽喜歡我們常到戶外活動，我們就把工作帶到這裡。為了增加樂趣，我們打扮成朝聖者的模樣，把這座山丘叫做『快樂山』，因為從這裡可以眺望我們將來希望居住的地方。」

喬指著前方直聳雲霄的山脈，山頂一片銀白，就像「天城」裡的塔尖。

「真美。」勞里輕聲讚歎。

「那邊的景色迷人又壯觀，每天都不一樣。」艾美恨不得將它如實用畫筆呈現出來。

「我希望山頂上那個美麗的地方是真的，到時候我們可以去那裡。」貝絲說。

「貝絲，你一定可以的，別擔心。我才是需要擔心的人，我就算努力工作、攀登、等待，也可能永遠到不了。」喬滿臉遺憾的說。

「你會有我作伴的。貝絲，你如果先到了，可以幫我說些好話嗎？」男孩臉上露出一絲陰鬱。

「誠心想去，努力不懈怠，就一定可以抵達的。我常想像那裡跟圖畫裡畫的一樣美，有閃耀的人伸出雙手，迎接來自河流的可憐基督徒。」貝絲說。

喬沉默了一會兒，終於開口：「假如夢想能夠全部實現，不是很有趣嗎？」

「我的夢想太多了，不知道要挑哪一個？」勞里躺在地上，朝松鼠丟松果。

「你必須選你最喜歡的那一個。是什麼呢？」梅格問。

「我說了，你們也會說出自己的夢想嗎？」勞里問。

「當然。」梅格說。

「我想環遊世界，然後定居在德國，做一名音樂家，讓全世界的人都來聽我演奏。你呢，梅格？」

梅格慢吞吞的說：「我想要一棟漂亮的房子，裡面有奢侈品和一大堆錢，還有讓我開心的人，而我就是屋子的女主人，能夠隨意支配一切。我會去做善事，讓每個人都敬愛我。」

「還要有一個男主人吧？」勞里調皮的說。

「我有說『讓我開心的人』……」梅格假裝低頭綁鞋帶，免得大家看見她羞紅的臉。

「你怎麼不說要有一位聰明又體貼的丈夫，還有幾個天使般可愛的小孩。這才是你的完美夢想吧！」喬心直口快的說。

「你就只想要駿馬、墨水臺和小說。」梅格生氣的反駁。

「沒錯！我要一個養滿阿拉伯駿馬的馬廄，還有幾間裝滿書的房子，我會妙筆生花，寫書，然後成名致富。」

「我的夢想是跟爸媽安心待在家裡，並幫忙照顧家庭。」貝絲滿足的說。

「艾美的夢想是什麼？」勞里問。

「我要去羅馬畫最漂亮的畫，然後成為世界上最棒的藝術家。」艾美說。

「除了貝絲，大家都想要成名致富，我倒想看看誰的夢想可以成真。」勞里嚼著青草，就像一頭沉思的牛。

「我已經拿到了鑰匙，但能不能打開夢想之門，以後才會知道。」喬神祕兮兮的說。

朝著夢想前進的喬，每天躲在閣樓上振筆疾書。

到了十月的某一天，喬寫滿最後一張稿紙，龍飛鳳舞的簽下自己的名字，把筆一丟，大聲說：「好啦！我盡力了，如果不成功，只能再接再厲。」

她躺在沙發上，仔細的將稿子讀過一遍，然後用漂亮的紅緞帶綁起來，再從書桌上方拿出另一份手稿，一起放入衣袋，悄悄走下樓。

喬揮手攔下一輛馬車，來到繁華的大街上，費了一番工夫才找到她的目的地。她毫不猶豫的跨進門口，抬頭望見髒亂的樓梯，又掉頭走出來。來來回回走到第三次時，才帶著一副要將牙齒統統拔光的表情，走上樓梯。

這一幕被對街樓上的勞里看得一清二楚。

那個門口掛著幾塊牌子，其中一個是牙醫的招牌。勞里走到招牌下，笑一笑，對自己說：「要是她痛得難受，就需要有人送她回家了。」

十分鐘後，喬滿臉通紅的跑下樓梯，一看就知道剛剛經歷一場磨難。當她看見勞里時，只是點個頭就從他身邊走過去。

「很難受吧？怎麼一個人來呢？」勞里跟上去，同情的問。

「我不想讓別人知道。」喬說。

「你拔了幾顆？」

喬看著勞里，一臉疑惑，但馬上就笑了出來。

「笑什麼？」勞里很困惑的說。

「我想拔掉兩顆，但是要等一週才行。」

「你在愚弄我！看你的樣子一定有祕密，反正你也藏不住，就說出來吧！」

「你可以守口如瓶嗎？」

「我保證一個字都不說。」

「我把兩篇故事交給一位報社編輯，他下星期會給我答覆。」喬小聲的說。

「好一個馬奇小姐，著名的美國女作家。」勞里大叫，把帽

子往天空拋出去再接住。

「小聲點，雖然不一定會有結果，但我必須試一次才甘心。」

「你一定會如願以償。」

勞里的話讓喬的雙眼閃閃發亮。

接下來的日子，郵差一按門鈴，喬便馬上衝到門前，不過一看到是布魯克先生，她就沒有好臉色，因為喬從勞里口中得知布魯克先生喜歡梅格，但她可不想太早和姊姊分開。

第二個星期六，喬和勞里在花蔭下低聲交談，幾分鐘後，喬進門坐在沙發上，假裝看報紙。

「有什麼有趣的文章嗎？」梅格問。

「沒什麼大作，只有一則故事。」喬小心翼翼的不讓大家看見報紙上的名字。

「是什麼故事？」貝絲很好奇喬為什麼把臉藏在報紙後面。

「《畫家爭雄》。」

「好像很有趣，念出來吧！」梅格說。

喬低咳兩聲清清喉嚨，開始飛快的往下念。

這則故事相當優美、浪漫，姊妹們都聽得津津有味，直到喬念完後還意猶未盡。

「我喜歡這個愛情故事。」梅格擦著眼淚說。

「我也喜歡。」艾美說。

「誰寫的？」貝絲問。

聽到貝絲開口問，喬忽然坐起來，露出紅通通的臉龐，強裝鎮定，嚴肅的說：「你姊姊。」

「你！」梅格驚訝大叫。

「太好了！」艾美也叫道。

「我早就知道會有今天，喬，恭喜你。我們以你為榮。」貝絲緊緊抱住喬。

不久，漢娜和媽媽也都知道了，全家都感到非常開心。

「拿了多少稿費？」梅格問。

「別吵了，小姐們，聽我把事情從頭說一遍。」

於是喬告訴大家，她如何把故事送出去的經過，接著又說：「編輯說，兩個故事他都喜歡，但是新人不會有稿費，只會刊登出來，等作品水準提高後，稿費就不是問題了。所以，我把故事交給他發表。我會繼續寫下去，我想，不久之後，我就能養活自己並且幫助你們了。」

喬把頭藏在報紙裡，喘了一口氣，情不自禁的流下幾滴眼淚，因為，自食其力並贏得所愛之人的稱讚，是她最大的心願，今天，喬又離夢想更近一步了。

09

黑暗的日子

「一年當中，就數十一月最討厭。」

這個寒冷又陰沉的下午，梅格靠著窗邊向外望。

「難怪我在這個月出生。」喬悶悶不樂的說，沒注意到鼻尖沾了墨漬。

「我們每天辛苦工作，生活還是沒有變化，根本就是活受罪嘛！」心情欠佳的梅格忍不住抱怨。

「馬上就有兩件好事要發生了，」坐在另一扇窗前的貝絲微笑著說，「一是媽媽正從街上走回來，二是勞里正大步穿過院子走向我們家，可能有好消息要宣布。」

果然，媽媽和勞里一前一後走進屋裡。

「女孩們，有收到爸爸的信嗎？」馬奇太太問。

「我做數學做得頭昏腦脹，有沒有人要一起去兜兜風？」勞里提出邀約。

「你的好意我心領了，可是我沒空。」梅格拿出針線盒。

她跟母親商量過，最好不要時常跟這位年輕紳士駕車外出。

「我們三個很快就可以準備好。」艾美邊叫邊跑去洗手。

「馬奇太太，需要替您帶些什麼嗎？」勞里問。

「不用了，謝謝。不過，能請你跑一趟郵局嗎？今天應該要收到她們爸爸的來信，郵差卻沒來，可能是在路上耽擱了。」

這時，一陣刺耳的門鈴聲打斷馬奇太太的話，接著，漢娜拿著一個信封進來。

「太太，有一封討厭的電報。」漢娜小心翼翼的把電報遞過來，像是擔心它會突然爆炸。

一聽說是「電報」，馬奇太太連忙接過手，才看了兩行字就臉色發白，無力的癱坐在椅子上。

勞里連忙去拿水，梅格和漢娜也趕緊扶著她。

喬顫抖的讀出電報內容：

馬奇太太：

你的丈夫病重，速來。

赫爾於華盛頓，布蘭克醫院

頓時，屋內一片死寂。

四姊妹圍著母親，只覺得支撐幸福的支柱就快倒下去。

「太太，趕快收拾行李吧！不要把時間浪費在眼淚上。」漢娜拿圍裙擦擦眼角，再用粗糙的大手緊緊握了握女主人的手後，轉身幹活去。

「漢娜說得對。孩子們，鎮定點，讓我想想現在該怎麼做。」馬奇太太強忍傷痛的說，「勞里，麻煩幫我發一封電報，說我明天搭第一班車出發。」

勞里隨即出門駕車狂奔。

「喬，你拿紙和筆給我，我得給姑媽寫封信。」馬奇太太對喬說完，轉頭對貝絲說，「貝絲，去跟勞倫斯老先生要兩瓶陳年葡萄酒，為了你們的父親，我可以拋下面子向人乞求，他應該得到最好的東西。」

接著，馬奇太太又轉向艾美和梅格。

「艾美，去請漢娜把行李箱拿下來。梅格，你來替我整理需要用的東西，我現在腦子亂極了。」

可憐的馬奇太太安排好一切後，就被梅格扶進房間坐著。

不久，勞倫斯老先生跟著貝絲匆匆趕來。好心的老先生送來他所能想到的各種慰問品，並承諾在馬奇太太離家期間照顧女孩們，甚至要親自護送她出發。

不過，馬奇太太不放心老人家長途跋涉。勞倫斯老先生知道她心裡的擔憂，於是皺著眉頭，忽然轉身離開。

沒想到，過了一會兒，布魯克先生出現在門口，對梅格說：「勞倫斯老先生交代我去華盛頓辦點事，我來請求陪同你母親一起去醫院，路上也有個照應。」

「你們都是好人，我相信媽媽一定會同意的。」梅格感動的說。

接著，勞里也從馬奇姑媽那裡帶回一張便條，不僅包裹著她們所希望的金額，上面還寫了幾句她經常嘮叨的話，像是馬奇先生根本就不該去軍隊。

馬奇太太看過後把紙條丟進火爐，再將錢收進錢包，繼續默默的打包行李。

下午過後，喬還沒回家。

就在大家開始擔心時，她卻神情古怪的走進來，把一疊鈔票放在媽媽面前，哽咽的說：「這是我的心意，希望能讓爸爸舒服的回家。」

「好孩子，你哪來的二十五美元？你不是幹了什麼傻事吧？」

「沒有。這是我的錢，我沒有乞討，也沒有借，更沒有偷，這是我賣掉自己的東西換來的。」說完，喬摘下帽子。

「噢！喬，你的頭髮！」大家驚呼。

原來，喬剪去了自己的一頭長髮。

「好女兒，你沒必要這麼做。」

「她看起來不像我認識的喬了，可是我更愛她了。」貝絲把喬剪成短髮的腦袋緊緊摟在懷中。

喬故意裝出不在乎的樣子說：「別哭了，貝絲。我只是想為爸爸做點事。我和媽媽都不喜歡跟別人借錢，而且姑媽借錢給我們，一定又會嘮叨不停。」

可是，晚上上床睡覺時，喬還是為剪去的一頭長髮偷偷哭泣。

馬奇太太出發後，家裡變得空盪盪，但是四姊妹牢記母親的交代，做好分內的工作。

布魯克先生每天都會寄來一封病情報告，梅格每次都堅持由她來念，大家得知父親病情漸漸好轉後，才不知不覺放鬆下來，回復往日的生活。

在馬奇太太離家後的第十天，貝絲告訴梅格，媽媽交待過，要他們別忘了關心他們在聖誕節照顧過的那一家人，可是梅格說她累得走不動了，喬也說她感冒還沒好，而且想把故事寫完，加上艾美還沒有回家，所以貝絲最後只好自己帶上一些東西，前去探望那些可憐的孩子。

貝絲回家後，悄悄爬上樓，把自己關在母親的房間裡。

過了半小時，喬到媽媽的房間找東西，才發現貝絲坐在藥箱上哭紅雙眼，手裡還握著一個樟腦瓶。

「我的天呀！出了什麼事？」喬大叫。

「別靠近我！那一家人的嬰兒死了，就死在我的懷裡。醫生說他得了猩紅熱，我可能已經被傳染了！」貝絲難過的說著。

「不，你不會的！」喬叫道。

喬叫來梅格，和漢娜商量後，決定把沒得過猩紅熱的艾美送去姑媽家，以免被傳染，並請來醫生為貝絲檢查。

貝絲果然得了猩紅熱，而且病情比大家想的更嚴重，有時發作，連身邊那幾張熟悉的臉孔也認不得，還一直哭著要找媽媽，甚至聲音嘶

啞的胡說八道起來。

喬簡直嚇壞了，而梅格則是要求漢娜讓她寫信給媽媽，說明一切。

漢娜從貝絲生病以來，一直阻止她們寫信向馬奇太太告知貝絲的狀況，因為她擔心這樣會增加馬奇太太的擔憂，尤其在她無法離開馬奇先生的時候。

就在漢娜答應的時候，華盛頓又寄來一封信，告知馬奇先生病情惡化，短期內可能回不了家了，於是她們又陷入了愁雲慘霧中。

這時，麵包師傅、雜貨店老闆、肉販，還有鄰居們都紛紛送來慰問和祝福，讓喬和梅格都感到詫異，發現羞怯的貝絲竟然擁有這麼多朋友。

可惜貝絲的病情時好時壞，嚴重時甚至陷入昏迷、神智不清。

梅格將寫好的電報放在桌上，準備隨時發出去；漢娜負責守夜，喬更是半步也不敢離開貝絲床邊。

這天，醫生看診後，把貝絲那雙熱得燙人的手緊握一會兒，然後輕輕放下，沉重的對漢娜說：「如果馬奇太太有空，最好請她立刻回來。」

漢娜點點頭，說不出話來，梅格也全身無力的跌坐在椅子上，喬臉色發白，愣了一會兒，立刻拿起通知媽媽的電報，衝入十二月的狂風暴雪中。

等到喬從郵局回到家，勞里拿來一封信，告訴她，馬奇先生的病情好轉了，不過喬的表情還是很悲傷。

「貝絲的病情加重了嗎？」勞里問。

「嗯，我已經通知媽媽了。」喬沉著臉說。

「保持樂觀，喬，你媽媽很快就能回來。」

「幸好爸爸的病情好轉了。」

「其實我昨天就發電報給你母親了，布魯克先生回電說，他們今晚就會到家，到時候一切都會變好。」

「太好了，勞里！你真是個天使！我該怎麼感謝你？」喬高興的抱緊勞里。

媽媽要回來的消息讓大家都重新振作了起來，漢娜打起精神做餅，免得還有什麼人會跟著馬奇太太一起回來。

梅格和喬為貝絲祈禱，深信母親和上帝會帶來奇蹟。兩人寸步不離的守在床邊，然而貝絲還是昏睡不起，只有偶而醒來才會含糊不清的要水喝。

醫生說，午夜時分是關鍵期，可是到了深夜兩點多，還不見勞里載馬奇太太回來的身影。

喬站在窗邊凝視遠方，突然聽見床邊發出聲響，急忙回頭張望，只見梅格摀著臉，跪在母親的安樂椅前。

「貝絲走了，梅格不敢告訴我。」喬害怕的想著，走到床前，激動的看著貝絲，只見她痛苦的表情已消失，彷彿安然的睡著。於是在她額頭上深深一吻，輕聲說：「再見！我的貝絲，再見了！」

漢娜聽見聲響，猛然驚醒，馬上跑去摸摸貝絲的小手，然後聽一下鼻息，開心的壓低嗓門喊著：「高燒退了，她正在安睡，謝天謝地！」

接著，醫生進來證實了這個好消息。

喬和梅格欣喜的緊緊擁抱在一起，看著貝絲灰白的臉色逐漸恢復生氣，壓在心上許多天的大石頭才終於放下。

你知道「電報」是什麼嗎？

現在我們都透過網路聯繫、傳送訊息，那麼，沒有網路的時代呢？當然，還是有方法，只是古人真的比較累呀！

＊驛送

由專門的送信人員，乘坐馬匹或其他交通工具，一站、一站接力，將書信送到目的地。

＊烽煙

古時候沒有高樓阻擋，用生火造煙，一站、一站接力，也能傳送訊息。

＊信鴿

利用鴿子不管到哪裡都能認路回家的本能，出門時帶著馴養的鴿子，需要聯絡時，就把信綁在鴿子身上讓牠帶回家。

後來有了「電」，就有人發明了「電報」，兩地通信也更快速了。不過，要發一封電報也挺麻煩的呢！

step ①

假設你想發電報給朋友，就要先到附近的電信局，把要傳送的訊息和朋友的資料交給櫃檯人員。

step ②

你的訊息會被傳到朋友家附近的電信局，再轉成一封電報。

step ③

電信局人員一收到電報，就會快速的送到朋友手上。

嗯……未來會有更好的方法嗎？
請來舞會

10

皆大歡喜

最近，喬心裡有個祕密，讓她很難表現得好像若無其事的樣子。

梅格察覺到她心事重重，以為喬很快就會告訴她，結果喬守口如瓶，什麼話都沒說，氣得梅格決定不理她，也很快的把這件事拋在腦後。

不過，心事重重的其實是梅格，因為喬發現她有時會整日沉默寡言，聽見別人喊她會大吃一驚，多看她一眼就滿臉通紅。

「梅格最近變得多愁善感，我聽過她唱著布魯克先生寫給她的那首歌，有一次竟然還和你一樣叫他『約翰』，然後就臉紅得像朵罌粟花。我們該怎麼辦？」喬擔心的對媽媽說。

「靜心等待，別干涉她，等爸爸回來，事情就會解決。」馬奇太太回答。

隔天，喬發現有一封給梅格的信，黏得特別牢。

「你的信，梅格。」

梅格接過信一看，忽然大叫一聲，喬和媽媽抬頭看過去，只見她一臉驚慌的盯著信。

「這不是他寫的信。喬，你怎麼能做出這種事？」梅格掩面痛哭，彷彿心都碎了。

「我什麼都沒做啊！」喬被弄糊塗了。

「這封信是你寫的！你和那壞小子這麼卑鄙的對我，太過分了！」梅格生氣的將揉皺的信紙丟向喬。

喬連忙撿起來，和媽媽一起閱讀這封字跡怪異的信。

親愛的瑪格麗特：

我再也無法控制自己的感情，雖然我還不敢告訴你的父母，假若他們知道我們相愛，我想他們應該會同意。

勞倫斯老先生將會幫我找到一個好職務，而你，我的寶貝，將會令我幸福。請先別告訴家人，只要寫一句知心話交給勞里，轉給衷心愛你的約翰。

「噢！這個小壞蛋，我沒把祕密告訴他，他竟然這樣報復我。我去把勞里臭罵一頓！」喬大叫。

「站住！喬，你真的沒有跟著胡鬧？」馬奇太太攔住喬。

「沒有，我發誓。而且我覺得，布魯克先生不會寫出這種東西。」喬說。

「可……可是這字像是他寫的。」梅格拿這封信和手中的另一封比對。

「哎呀！梅格，你沒回信吧？」馬奇太太著急的問。

「我回了。」梅格羞愧得摀住臉。

「可惡，我去把那小子抓來教訓一頓。」說完，喬就要往外衝。

「冷靜，這件事我來處理。梅格，把這件事完完整整的告訴我。」馬奇太太一邊制止喬，一邊在梅格身邊坐下。

「我從勞里那裡收到第一封信，因為覺得惶恐不安，想要告訴您，可是想起你們非常喜歡布魯克先生，所以就先回了他一封信。」

「你寫了什麼？」馬奇太太問。

「我只說我年紀還小，不適合談感情，而且我不想隱瞞家人，他必須向父親說明。我願意和他當朋友，其他的事以後再說。」

「寫得很好。布魯克回信了嗎？」

「他回信說從來沒有寫過情書給我，是我那調皮的妹妹喬冒用我們的名字寫的。我覺得好丟臉呀！」梅格靠在母親身上，哭成淚人兒。

「喬，你去把勞里找來。」馬奇太太說。

聽見勞里來了，梅格立刻躲進書房。

喬怕勞里不肯來，並沒有說明叫他來家裡的原因。但是勞里一看見馬奇太太的臉色就明白了，他慚愧不安的站在她面前，就像個罪犯。

喬退出房間，在大廳裡走來走去。

不久，姊妹倆被叫進去，滿臉悔意的勞里低聲下氣跟梅格賠罪，再三保證布魯克先生完全不知道這個玩笑，梅格這才鬆了一口氣，接受道歉。

喬雖然原諒勞里，卻故意繃起臉，對他不理不睬。可是勞里一走，她立刻就後悔，猶豫半天後決定到隔壁道歉，結果勞里不想見客。

「為什麼？」

「少爺跟勞倫斯老先生大吵一架，還把自己關在書房裡。」女傭說。

「我去看看。」喬走到書房前用力敲門。

「別敲了，否則我打開門揍你一頓。」勞里在裡面大聲恐嚇著。

喬則無視他的憤怒，繼續敲著門。

門忽然打開，勞里見到喬，愣了一下，喬趁他還沒反應過來，就快步走了進去，輕輕跪下說：「請原諒我，如果不原諒我，我就不走。」

「起來吧！」勞里答應了。

「什麼事讓你這麼生氣？」喬問。

「我和爺爺吵架，他想知道我被馬奇太太叫去的原因，但我堅持不說，因為我承諾過。」

「你可以換個方式說啊？」

「不，他想要的是實情，但我不能說，何況他應該信任我！我要離家出走，去華盛頓找布魯克先生。你也一起來吧！順便給你父親一個驚喜。」勞里說。

「不行，別教唆我做壞事。」

「我以為你很有膽量呢！」

「你好好檢討自己的錯吧！如果我讓勞倫斯老先生向你道歉，你就不會離家出走了吧？」

「嗯，不過你一定辦不到。」

「看我的。」喬充滿信心的跑去找勞倫斯老先生。

「先生，我來還書。」喬敲敲門說。

「進來。」

喬還在想著該怎麼開口說出真正的來意，但勞倫斯老先生似乎已經看出她的來意，所以直接發問：「那小子做了什麼？看他回家後魂不守舍，就知道一定闖禍了。我要他說出真相，他卻逃上樓，把自己反鎖在房間。」

「他是做了錯事，可是我們已經原諒他。」喬說。

「做錯事就要受到懲罰，不能因為你們心軟就算了。說吧！我不想被蒙在鼓裡。」勞倫斯老先生嚴厲的說。

「我不能說，我們不說是為了保護另一個人。」

於是，喬輕描淡寫的說出惡作劇的事，但是沒有提到梅格。

「好吧，如果因為信守承諾而不說出真相，我就原諒他。」勞倫斯老先生緊鎖的濃眉總算舒展一些。

「先生，我知道您很寵愛勞里，不過您的管教也不能太嚴厲，不然他可能會離家出走。」

「你真冒失，怎麼這樣跟我說話！也罷，你去把那小子帶來吃飯吧，告訴他沒事了。」勞倫斯老先生說。

「他不會下樓

的，因為他覺得不被您信任。我建議您寫一封正式的道歉信給他，這麼做也許會比當面說更有趣。」

「你是隻狡猾的小貓，不過，我不介意被你和貝絲牽著走。來，給我一張紙吧！」

就這樣，喬順利解決了勞里和爺爺的問題。但是勞里的惡作劇卻在梅格心中發酵，讓她經常想起布魯克先生。

聖誕節前夕，馬奇先生在布魯克先生的護送下平安返家。馬奇一家人都很感激布魯克先生，除了喬，因為她不願意失去梅格，所以覺得梅格不該接受布魯克先生的追求。

隔天，布魯克先生來取回遺忘的傘，忍不住對梅格深情告白，但梅格以自己年紀還小，強硬的拒絕了。

這時，聽說馬奇先生已經回家的姑媽驅車而至，不請自來，結果走進家門，撞見梅格和布魯克先生。

姑媽的忽然出現，嚇得梅格好像看見鬼，臉上不由得一片紅，布魯克先生也趕緊溜進書房。

「怎麼臉紅成這樣？是出了什麼事？」馬奇姑媽敲著手中的藤杖。

「布魯克先生是爸爸的朋友，我們只是在閒聊。」梅格緊張的說。

「布魯克？隔壁那孩子的家庭教師？你還沒承諾於他吧？」馬奇姑媽又敲了一下手杖。

「噓！他會聽到的，我去叫媽媽……」梅格驚惶失措的說。

「等等，我有話對你說。如果你想嫁給那個傻瓜，我一分錢都不會留給你。」

沒想到馬奇姑媽這句話，反而讓梅格莫名激動，竟然對她說出：「我想嫁給誰就嫁給誰，您想把錢留給誰就給誰，約翰才華洋溢、聰明又善良，能獲得他的愛慕，我感到很自豪。」

「他是知道你的親戚有錢，

才會想和你結婚。」

「馬奇姑媽，您這麼說太過分了。我不會為錢而嫁，我的約翰也不會為錢而娶。我知道我會和他在一起，因為他愛我，而我也……」說到這裡，梅格住口了。

她突然想到自己還沒下定決心，卻已經喊著「我的約翰」，這番前後矛盾的話，也許已經被布魯克先生聽見了吧？

原本一番好意想替漂亮姪女談一門好親事的馬奇姑媽，覺得被辜負後，馬上生氣的離開。

目送她離去的背影，梅格站著發呆，不知該哭還是笑，但是，下一秒就被布魯克先生一把抱在懷裡。

「我忍不住留下來偷聽。謝謝你如此維護我，也感謝馬奇姑媽證明我在你心裡的地位。」布魯克先生開心的說。

「直到她誤解你時，我才明白自己有多在乎你。」梅格將頭輕輕靠在布

魯克先生的胸前。

喬見到這幕，不禁大叫，於是馬奇一家全都知道了這對戀人的事。最後布魯克先生決定等梅格三年，三年之後他們才會結婚。

喬百般的不願意，但她也只能接受，只是心裡還是不舒服，直到勞里對她說：「你有我呢，一生一世，我一定都會與你站在一起的。」喬才在勞里的安慰下釋懷。

於是喬轉頭看看屋裡的大家，首先看到父母親坐在一起，正重溫著初戀的感覺，而艾美正揮筆將這對戀人畫下來，至於貝絲則躺在沙發上，跟她的老朋友勞倫斯老先生愉快交談。

喬靜靜靠在椅上沉思，站在背後的勞里，把下巴貼在她的捲髮上，從鏡子裡可以看到他正對著喬點頭微笑。

珍愛名著選 5

小婦人

Little Women

作　　者｜露易莎・梅・奧爾科特
Louisa May Alcott
編　　著｜王加加
插　　畫｜橘子

總 編 輯｜徐昱
編　　輯｜Lotus
封面設計｜季曉彤
執行美編｜吳欣樺

國家圖書館出版品預行編目 (CIP) 資料

小婦人 / 露易莎・梅・奧爾科特 (Louisa May Alcott) 原著；王加加編著；橘子插畫. -- 初版. -- 新北市：悅樂文化館出版：悅智文化發行, 2019.05
160 面；17×23 公分. --（珍愛名著選；5）
譯自：Little Women
ISBN 978-986-96675-7-9(平裝)

874.59　　108005438

出 版 者｜悅樂文化館
發 行 者｜悅智文化事業有限公司
地　　址｜新北市板橋區板新路 206 號 3 樓
電　　話｜02-8952-4078
傳　　真｜02-8952-4084
電子郵件｜insightndelight@gmail.com

戶　　名｜悅智文化事業有限公司
郵政劃撥帳號｜19452608

2019 年 5 月 初版一刷　定價 280 元

Little Women

Little Women